LA PLUS BELLE HISTOIRE DE L'AMOUR

Dominique Simonnet / Jean Courtin,
Paul Veyne / Jacques Le Goff,
Jacques Solé / Mona Ozouf,
Alain Corbin / Anne-Marie Sohn,
Pascal Bruckner / Alice Ferney

LA PLUS BELLE HISTOIRE DE L'AMOUR

Éditions du Seuil

TEXTE INTÉGRAL

ISBN 978-2-7578-0615-9
(ISBN 2-02-058332-1, 1re publication)

Table

ACTE III

Le plaisir, enfin

Prologue

Ce sont deux minces silhouettes enlacées, esquissées au fond d'une grotte néolithique. C'est le sourire énigmatique de ce couple antique qui survit sur un mur de Pompéi. C'est, sur une enluminure, le genou à terre d'un chevalier courbé devant sa dulcinée...

C'est aussi l'épée de Tristan qui le sépare de sa dame, les doigts de Julien effleurant le bras de Mme de Rênal, et les milliers de mots enflammés des Juliette, Héloïse, Bérénice et toutes les belles des seigneurs de la littérature.

C'est encore la jupe retroussée d'une nymphette de Fragonard, la main de Charlot serrant très fort celle de Paulette Goddard, et puis les torrents de larmes, les orgies de baisers, les symphonies de soupirs, les cris de plaisir qui submergent nos écrans jamais rassasiés.

L'amour, toujours, qui nous suit comme une ombre depuis la nuit des temps...

Mais il n'y a pas que des histoires d'amour. Il y a aussi une histoire de l'amour. Une Histoire majuscule qui ne se limite pas aux frasques royales ni aux bluettes des feuilletons. En scrutant la vie privée des « gens » de toutes conditions, elle révèle les secrets de nos mentalités et touche de près à l'inconscient de nos sociétés. Dis-moi comment tu aimes, je te dirai qui tu es...

S'interroger sur l'amour, c'est remuer les grandes et

bonnes questions, c'est se pencher sur la morale d'un temps bien sûr, mais aussi sur la guerre, le pouvoir, la religion, la mort... Tirez le fil rose : c'est toute notre civilisation qui vient derrière. « L'amour, c'est une conception de l'Occident », énonçait Denis de Rougemont. On ne saurait mieux résumer.

C'est cette aventure fiévreuse que nous abordons ici avec les plus grands historiens, philosophes, écrivains. Séductions, rencontres, passions, érotisme, sexualité, mariages, fidélité... Comment aimait-on jadis en Occident ? Quel était l'idéal du moment ? Ressemblait-il à la réalité ? Quelle était la vraie nature de l'intimité ? Où plaçait-on son désir ? Quelle place accordait-on au plaisir et au sentiment ?

L'histoire de l'amour a eu ses respectables pionniers : Michel Foucault, Jean-Louis Flandrin, Georges Duby... Elle n'a jamais été écrite dans la continuité. Nous avons osé, quitte à faire tomber quelques vieux clichés.

La fouille des intimités est une tâche difficile : l'amour ne laisse pas de fossiles, et il efface souvent les traces de ses pas. Ne subsistent qu'illusions, évocations fugitives, voilées, déguisées... Les grandes chroniques l'ignorent, lui préférant les exploits guerriers. Les actes notariés et relevés d'état civil l'abâtardissent en viles comptabilités. Restent l'art et la littérature : lettres et journaux intimes, poèmes, tableaux, dessins, sculptures...

Encore faut-il séparer l'imaginaire de la réalité. Car l'art ne dit pas toujours la vérité. Il révèle souvent les fantasmes d'une époque, et dit ce qu'on aimerait faire plus que ce que l'on fait. Ainsi, les Romains, qui hérissaient leurs places de statues au sexe triomphant, étaient, en privé, de fameux puritains. À l'époque où la

Vénus de Botticelli dévoile sa nudité, on ne se déshabille pas pour autant dans les chambres à coucher. Et le libertinage des Lumières n'était que l'envers d'un décor où la répression sévissait… Il faut donc se garder des symboles trompeurs.

On le verra aussi, cette histoire-là n'est pas très rose. On n'a jamais badiné avec l'amour. Rois, prêtres, guerriers, médecins, banquiers, notaires, tous l'ont encadré, normalisé, réprimé, incarcéré, violenté. Les femmes furent les éternelles sacrifiées. « Ne commencez jamais votre mariage par un viol », conseillait Balzac, il n'y a pas si longtemps. C'est dire si la chose n'allait pas de soi. Le sexe n'a pas toujours été une partie de plaisir, loin de là. Longtemps, l'ordre moral et sexuel a régné, exerçant une véritable tyrannie sur la vie privée.

Simplifions. L'histoire de l'amour se résume en trois mots, trois sphères : sentiment, mariage, sexualité. Ou si l'on préfère : amour, procréation, plaisir… Trois ingrédients pour accommoder les hommes et les femmes, avec lesquels chaque époque a joué, cherchant tantôt à les dissocier, tantôt à les réunir, au gré de ses intérêts. Pour le meilleur, et pour le pire.

Mariage sans amour ni plaisir. Mariage d'amour sans plaisir. Plaisir d'amour sans mariage… L'histoire de l'amour, c'est celle d'une longue marche des femmes (et des hommes un peu derrière) pour se débarrasser du carcan religieux et social, et revendiquer ce droit pourtant élémentaire : le droit d'aimer.

PREMIER ACTE : LE MARIAGE, D'ABORD ! Après la longue préhistoire qui, on le lira, n'était pas si sauvage qu'on le croit, un lourd carcan se met en place. Entre l'homme et sa femme légitime, il n'est pas question de sentiment (qui affaiblit l'âme), encore moins de plaisir (qui épuise le corps). Pis encore : la chair devient péché. Le couple est fait pour procréer, et assurer l'héritage et la filiation. Seuls les hommes s'arrogent le droit d'aller batifoler. Telles sont la loi et la morale qui pèseront pendant des siècles. Au fil des pages, nombre d'idées reçues vont tomber : on verra que nos ancêtres les Romains furent les premiers puritains. Et qu'au Moyen Âge, contrairement à ce qu'on le croit, l'amour n'était pas vraiment courtois.

DEUXIÈME ACTE : LE SENTIMENT, AUSSI. Dans l'ombre de la Renaissance, où l'ordre sexuel règne plus que jamais, une petite revendication se fait jour au fond des campagnes : et si l'on pouvait aussi aimer celui ou celle avec qui on est marié ? Ce sont les pauvres qui lancent les premiers cette scandaleuse revendication. Qu'ont-ils à perdre à conclure des unions d'amour plutôt que des mariages d'intérêts ? Malgré une toute petite fenêtre ouverte sur la liberté des femmes, vite refermée (la Révolution fut la grande ennemie de l'amour et de la vie privée), on est bien loin des rêves d'égalité. Et bien loin du plaisir… Là encore, des clichés vont s'effondrer : en dépit de sa littérature, le siècle du romantisme n'est pas vraiment sentimental. Et le XIXe siècle en rajoute dans l'hypocrisie et la brutalité.

TROISIÈME ACTE : LE PLAISIR, ENFIN. À l'aube du XXe siècle, le couvercle posé sur la sexualité est soulevé. Désormais, il faut plaire ! Petit à petit, au fil des décennies, les couples s'érotisent, se libèrent. Les Années folles, parenthèse entre deux folies guerrières, accélèrent cette émancipation des corps et des esprits. Et la révolution sexuelle balaie d'un coup les antiques tabous. Mais curieux revers : cette fois, c'est la sexualité, si longtemps réprimée, qui devient totalitaire. L'amour, une fois encore, en fait les frais.

Où en est-on aujourd'hui ? Grâce aux progrès de la science et à l'évolution des mentalités, nos trois sphères peuvent être totalement dissociées : on peut faire l'amour sans procréer, procréer sans faire l'amour, et il est admis de faire l'amour sans aimer. Pourtant, signe de notre époque paradoxale, nous n'avons jamais eu tant envie de les réunir : un amour durable où l'on cultive le plaisir, voilà l'idéal de notre temps ! Nous voulons les trois à la fois. Mais, nous le réalisons avec un certain désarroi, ces nouveaux choix qui nous sont offerts ont aussi leur poids. L'amour n'est pas plus facile à vivre dans la liberté que dans la contrainte.

Et même s'il est aussi le fruit de nos hormones, comme on le dit aujourd'hui, l'amour est toujours lié à notre lointain passé. Qu'on le veuille ou non, cette longue histoire vit encore en nous. Nos comportements amoureux traînent le lourd héritage non seulement de nos parents mais aussi des nombreuses générations qui les ont précédés. Il y a, au fond de nous, des Don Juan, des Iseult, des Solal qui sommeillent, et parfois tirent les ficelles. Et nous puisons sans le savoir dans de vieilles morales, d'anciennes aspirations, des désirs cachés. Oui, l'amour a une histoire. Et nous en sommes toujours les héritiers.

Dominique Simonnet

ACTE I

Le mariage, d'abord

SCÈNE I

LA PRÉHISTOIRE

La passion de Cro-Magnon

Un jour, ou peut-être une nuit, plusieurs dizaines de millénaires avant notre ère, un geste fut accompli, un mot fut dit, un sentiment naquit… Il faut sans doute aller chercher très loin dans notre passé l'éveil de ce que l'on nommera plus tard l'« amour »… Peut-on en trouver la trace dans les morceaux de squelettes, les fragments de poterie, les restes de parures, les dessins et les gravures, seuls vestiges que nous ont légués ces temps anciens ? Pour qui sait les interpréter, les fossiles peuvent révéler plus d'un secret : l'amour, disent-ils, est le propre de l'homme, et c'est bien nous, les Cro-Magnon au cerveau compliqué, qui l'avons inventé. Dans la nuit des temps, on avait aussi du cœur. On s'aimait autant que maintenant, peut-être même avec plus de liberté, si ce n'est de bonheur.

L'émergence de la sensibilité

– **Dominique Simonnet:** *Des origines de l'amour, du premier geste tendre et sensible, nous ne possédons pas de traces, pas de fossiles, pas de récits et nous n'aurons jamais ni preuves ni certitudes. Même si les scientifiques, dont vous êtes, n'aiment pas les spéculations, peut-on quand même oser quelques hypothèses sur ce mystérieux et lointain événement ?*

– **Jean Courtin:** Nous nous heurtons d'emblée à la définition de l'amour. Déjà, dans le monde animal, il y a toujours eu la nécessité pour les individus d'un sexe de rechercher ceux de l'autre sexe, afin de perpétuer l'espèce. Certains animaux forment même des couples durables, tels les rapaces, les corbeaux, les loups qui s'unissent pour la vie. Il existe donc, chez eux, un véritable attachement entre sexes différents. Est-ce de l'amour ? Je crois qu'il faut plutôt parler d'instinct. Pour trouver un véritable sentiment profond, qui incite à évaluer les qualités de l'autre, à choisir son partenaire, à décider de passer du temps avec lui, il faut attendre le développement du cerveau, et donc l'*Homo sapiens*, c'est-à-dire l'homme moderne.

– *Nos ancêtres australopithèques, Homo habilis, Homo erectus, n'auraient pas eu cette grâce à vos yeux ? La petite Lucy, la fameuse australopithèque de 3 millions d'années, n'aurait donc pas été amoureuse ?*

– Je la vois comme un petit singe. Les singes sont touchants quand on les regarde, vous savez. Cet être vertical avait peut-être du charme pour ses semblables. Il exerçait une séduction et éprouvait de l'attirance.

Mais de l'amour, au sens où nous l'entendons aujourd'hui, j'en suis moins sûr... Je ne m'imagine pas plus les *Homo erectus* dotés d'une aptitude aussi subtile. Ils ne connaissaient pas la sépulture, ils laissaient leurs morts à l'abandon, on retrouve les squelettes abandonnés, dépecés, au milieu d'os d'animaux...

– L'Homo sapiens, lui, est quand même plus délicat.

– Il est le premier à accorder un grand soin à ses défunts, ce qui dénote une forme indéniable d'attachement à ses semblables. J'ai tendance à penser que le sentiment amoureux va de pair avec la considération portée aux morts, avec le sens de l'esthétique, de l'ornementation. Donc, avec des caractéristiques proprement humaines, qui n'ont été développées que par l'homme de Cro-Magnon, à partir de – 100000 ans en Afrique et au Proche-Orient, vers – 35000 ans en Europe.

– L'émergence d'une sensibilité, en somme, qui se serait révélée simultanément dans différents domaines...

– Oui, mais nous disposons de très peu d'indices pour la déceler. Nous, préhistoriens, nous sommes penchés sur nos silex, les restes osseux, nos morceaux de poteries, et nous avons quelques difficultés à y lire la réalité humaine. Nous pouvons analyser les fouilles archéologiques, les tombes par exemple, et tenter d'imaginer quelles étaient les structures sociales, les relations entre les individus. Mais ce ne sont jamais que des interprétations. Nous disposons aussi des gravures, des peintures préhistoriques, des statuettes de « déesses »... Mais l'art a une fonction symbolique, il reflète une mythologie et non pas une réalité.

Des traces de solidarité

– Essayons quand même de jouer aux détectives de l'amour. Que nous disent ces fameuses tombes ?

– Prenons des exemples : dans les grottes de Grimaldi, on a retrouvé les squelettes de deux jeunes enfants (entre 6 et 10 ans), datant de – 30 000 ans, exhumés côte à côte, le bassin et les cuisses recouverts de milliers de petites coquilles percées, sans doute cousues à l'origine sur leur pagne ou leur ceinture. Au Danemark, à Vedbaek, dans un site du huitième millénaire avant notre ère, on a découvert une jeune femme morte à l'âge de 18 ans accompagnée de son nouveau-né : elle portait de très nombreuses dents de cerf percées, autrefois cousues ou attachées à ses vêtements et sa ceinture, et le bébé, sans doute un garçon, tenait une lame de silex dans sa main, rite que l'on observait pour les hommes adultes. Le petit cadavre avait été placé sur une aile de cygne (dont les os subsistaient).

– Que déduire de tout cela ?

– Que l'on accordait un grand soin à ses enfants. On peut déjà y voir le signe d'un attachement profond, d'une forme d'amour. Autre indice : on sait aussi que les hommes préhistoriques étaient capables de solidarité.

– Comment diable trouve-t-on des traces de solidarité ?

– Dans un abri sous roche, au fond de la calanque de Bonifacio, en Corse, un site de – 8 000 ans, on a exhumé le squelette très bien conservé d'une femme morte à l'âge de 35 ans, enterrée avec ses parures et recouverte d'ocre rouge. Elle avait eu, au cours de sa jeunesse, un grave accident, sans doute une chute dans les rochers : elle était paralysée du bras gauche à la suite de plusieurs fractures, elle ne pouvait plus se déplacer que très difficilement, et une partie de sa mâchoire inférieure avait été détruite par une ostéite, ce qui limitait son alimentation à des bouillies. À une époque où l'on vivait de la chasse, de la pêche, de la collecte de mollusques, elle était donc entièrement dépendante des siens. Néanmoins, on l'a nourrie, soignée, aidée, et fait vivre de nombreuses années.

– Preuve d'une certaine solidarité, en effet.

– Ses enfants l'ont-ils prise en charge ? Est-ce son compagnon ? Ces cas de solidarité étaient assez répandus, preuves qu'il existait bel et bien des sentiments d'attachement profond entre certains individus. On le relève même chez les hommes de Néandertal, les contemporains d'*Homo sapiens*, dont l'espèce s'est éteinte.

– Que l'on décrit parfois encore comme des êtres frustes…

– Ils étaient plus évolués qu'on ne le pensait. Certes, ils avaient une morphologie différente de celle d'*Homo sapiens* : un cou de lutteur de sumo, une nuque puissante, des jambes courtes, des bras très musclés, des lobes olfactifs plus importants, ce qui leur donnait d'ailleurs un flair de chien de chasse. Mais ils possédaient certainement un langage développé, et ils inhumaient parfois leurs morts… Eh bien, dans des sépultures néandertaliennes anciennes, entre – 60 000 et – 80 000 ans, on a découvert les restes d'individus gravement handicapés qui avaient pourtant survécu pendant de nombreuses années grâce à l'entraide du groupe : l'homme de Shanidar, par exemple, exhumé dans une grotte du Kurdistan au nord de l'Irak, ou cet autre individu qui avait eu la jambe brisée et la mâchoire fracassée au cours de son adolescence… On y a également trouvé une tombe néandertalienne de femme, tapissée de fleurs des marais, que l'on était allé cueillir dans la vallée en contrebas, à plusieurs heures de marche. C'est le plus ancien usage connu des fleurs dans les rites funéraires.

L'art et l'amour

– Néandertal et Cro-Magnon avaient inventé la solidarité, chacun de leur côté. Et donc l'amour ?

– C'est une belle hypothèse. Mais contrairement aux néandertaliens qui enterraient seulement certains de leurs semblables, les Cro-Magnon le faisaient, eux, de manière systématique : hommes, femmes et enfants sont inhumés avec autant d'égards pour les uns que pour les autres, quel que soit leur âge. J'y verrais volontiers le signe des premiers sentiments amoureux.

– Y a-t-il autre chose qui plaide en faveur de cette hypothèse ?

– Il y a autre chose : vers – 35000 ans, les Cro-Magnon inventent l'art magnifique des grottes. La préparation de la roche, le ciselé de la gravure, la précision des tracés, le choix et la préparation des couleurs, la perspective, la maîtrise de l'estompe pour donner du relief, ce goût du travail parfait que l'on retrouve aussi dans les armes taillées dans la pierre, l'os ou le bois animal, et dans ce cas souvent ornées... Tout cela dénote une habileté, un souci de l'esthétique et une sensibilité stupéfiantes. Bref, un cerveau qui a de l'imagination et des émotions. La révolution de l'art à cette époque, c'est peut-être bien aussi la naissance de l'amour.

Cro-Magnon et Cro-Mignonne

– *Des individus si sensibles, capables de réaliser des merveilles comme celles que l'on peut admirer sur les parois de la grotte Chauvet ou sur celles de Lascaux ou de Cosquer, étaient forcément, selon vous, aimants... L'amour serait ainsi le propre de l'homme... moderne.*

– Oui. Le sentiment amoureux des premiers chasseurs « modernes » ne devait pas être très différent du nôtre. Pourquoi en serait-il autrement ? Les hommes et les femmes de Cro-Magnon devaient avoir un langage élaboré, le niveau de leur technologie l'imposait : pour débiter de grandes lames à partir de rognons de silex, avec un chasse-lames en bois de renne, un maillet en bois, il faut taper selon un certain angle, au bon endroit, préparer le coup avec précision, abraser l'endroit adéquat... Cette technique raffinée, qui n'a rien à voir avec les frustes galets taillés des contemporains de Lucy, ne s'explique pas uniquement par le geste et exige une vraie communication.

– *Les Cro-Magnon se comportaient et aimaient comme nous, en somme.*

– Les Cro-Magnon parlaient, ils avaient le même cerveau que nous, ils rêvaient comme nous, éprouvaient les mêmes émotions, les mêmes sentiments que nous, et devaient connaître eux aussi le désir, la jalousie, la pitié, et les caprices de la passion. On peut même imaginer que ces amours originelles étaient plus intenses, plus vraies que les nôtres, parce que dégagées de toutes contingences, de règles sociales, et de soumission à une norme.

L'âge d'or

– *C'était le paradis terrestre !*

– Le paléolithique, c'était l'âge d'or. Les ressources étaient abondantes, et les hommes peu nombreux. Les animaux grouillaient, ils n'étaient pas farouches et se chassaient facilement (dans certains sites, on retrouve énormément de restes de rennes, de chevaux, de bouquetins), les côtes étaient riches de coquillages et de crustacés, les rivières étaient poissonneuses… Nos ancêtres vivaient en semi-nomades, par groupes d'une trentaine de personnes, assez dispersés mais pas isolés. Ils disposaient vraisemblablement d'un langage commun, peut-être pas universel, mais en tout cas parlé sur de grandes distances. Ils échangeaient des matières premières – silex, coquilles marines, cristaux de roche –, des connaissances (on trouve des objets similaires et on relève les mêmes techniques de taille dans des régions très éloignées), ils échangeaient aussi probablement leurs compagnes.

– *Allons donc !*

– Le problème de la consanguinité ne devait pas leur échapper. Les squelettes le prouvent, c'était des gens bien bâtis, sans malformations congénitales. Et l'ethnologie nous le confirme : chez de nombreux groupes chasseurs-cueilleurs, un peu partout dans le monde, il y a, ou il y avait naguère, des rencontres annuelles, des grandes fêtes, où l'on échange et où on se lie, ce que les chercheurs appellent « exogamie ».

Les belles de la côte ligurienne

– Les premiers êtres humains vivaient donc en couple, et ils étaient monogames ?

– Bien sûr ! On voit mal des harems dans un groupe paléolithique. Quand on vit de la chasse, on ne peut pas avoir plusieurs femmes : la polygamie aurait contraint l'homme à chasser davantage. Elle existera plus tard, chez les agriculteurs, mais pas chez les chasseurs-cueilleurs. D'ailleurs, dans les sites de plein air qui ont été étudiés, la superficie des huttes est réduite et correspond à des familles peu nombreuses. Certes, on a découvert quelques tombes doubles : un homme enterré avec deux femmes.

– Ses deux « épouses » ?

– C'est probable. Ce qui voudrait dire qu'on les a tuées en même temps, pour l'accompagner dans sa mort, pratique que l'on retrouvera plus tard dans l'Antiquité. À Dolni Vestonicé, en Moravie, sur un site de chasseurs de mammouths datant de – 25 000 ans, on a mis au jour une jeune femme entourée par deux jeunes hommes, l'un ayant la main placée sur le bassin (ou sur le sexe) de la femme, recouvert d'ocre à cet endroit précis. Mais ce devait être des exceptions.

– A-t-on découvert des couples plus « classiques » ?

– Dans la fameuse grotte de Grimaldi, on a trouvé les squelettes d'un homme d'une vingtaine d'années, très grand (1,94 m), et d'une femme d'une trentaine d'années en position repliée, tous les deux étroitement imbriqués l'un dans l'autre, avec des parures en coquillage comme le voulait l'usage (on a longtemps émis des élucubrations à leur sujet : dans certains ouvrages de vulgarisation, on les qualifie de « négroïdes », et on a dit qu'il s'agissait d'une vieille femme enterrée avec un jeune homme). En fait, c'est vraisemblablement un chasseur athlétique qui devait faire tourner la tête des belles de la côte ligurienne il y a trente mille ans…

Culotte de peau

– L'idée rousseauiste du bon sauvage, qui nous vient du XIX*e…*

– … me satisfait assez. À l'âge paléolithique, on ne relève pas de cas de morts violentes données par d'autres humains, pas de blessures par projectiles, contrairement à ce que l'on trouvera fréquemment dans les époques postérieures. On ne s'est pas battu pour la chasse, le gibier étant abondant, ni pour la propriété des gisements de silex. C'était sans doute une époque agréable malgré les rigueurs du climat. Mais elle devait être très machiste. La femme s'occupait des enfants, raclait et tannait les peaux pour les vêtements, gardait le foyer, entretenait le feu, et l'homme portait la culotte… de peau.

– Le macho, qui va chasser pendant que sa femme reste à la maison !

– Oui, mais le « macho chasseur » prend tous les risques pour ramener la viande quotidienne... L'ethnologie nous le dit une fois encore : dans toutes les sociétés de chasseurs-cueilleurs, il y a l'interdit du sang, lié au cycle féminin : les hommes ont le privilège des armes car celles-ci font couler le sang. Les femmes ne peuvent utiliser que les outils qui ne font pas saigner : des nasses, des pièges, des bâtons, des assommoirs... On trouve de telles règles chez les aborigènes australiens, les bushmen d'Afrique de Sud ou les Amérindiens du Nord et du Sud. Beaucoup plus tard, on relève une autre différence entre les sexes dans l'élaboration des poteries : ce sont les femmes qui fabriquent les poteries modelées. Mais à partir du moment où celles-ci sont tournées, industrialisées en somme, elles deviennent l'apanage des hommes.

– Ils n'étaient pas vraiment féministes, vos Cro-Magnon !

– Une romancière anglo-saxonne a imaginé la femme préhistorique en *superwoman*, qui apprivoise les lions et les chevaux, s'impose comme championne de tir à la fronde et séduit tous les hommes qui passent à sa portée... Une femme seule dans la nature, en pleine période glaciaire, qui se livre à une sexualité débridée, cela me semble assez invraisemblable... L'amour paléolithique était sans doute plus... conventionnel.

La position du missionnaire

– L'imagerie classique ne décrit pas en tout cas la sexualité préhistorique comme une partie de plaisir.

L'homme attrape sa compagne par les cheveux, et hop ! à la casserole, si j'ose dire. Une autre idée trop reçue suggère qu'un jour l'homme serait passé d'une pratique animale à une pratique plus humanisée : il aurait fait l'amour face à face…

– La découverte de la position du missionnaire ! Cela fait beaucoup rire les préhistoriens. Quel est le premier qui a eu l'idée de ne plus faire l'amour comme les animaux ? Impossible de le dire. Il ne devait pas y avoir beaucoup de « préliminaires » à cette époque. Les hommes et les femmes préhistoriques, qui voyaient les animaux à longueur de temps, n'étaient peut-être pas raffinés dans leur sexualité, mais ils devaient quand même s'apprécier, s'aimer. Les squelettes féminins que l'on a retrouvés sont couverts de parures. On enterrait les femmes avec autant d'égards que les hommes. Et puis, n'oublions pas le langage, dont nous parlions précédemment. Pourquoi n'aurait-il pas été utilisé pour traduire la complexité des sentiments, pour l'amour ?

– L'art des grottes préhistoriques peut-il nous renseigner sur leur manière d'aimer ?

– Sur les parois des grottes, on trouve très peu de représentations humaines, et aucune scène de coït ni même d'accouplement animal. L'art pariétal ne montre que certains animaux (le renne, qui était le gibier de base, est minoritaire, les oiseaux, les lapins également, alors que le cheval, le bison, le mammouth, moins courants dans l'alimentation, sont très présents). Pourquoi ? Parce qu'ils représentent non pas la vie quotidienne, mais des symboles. Le cheval a pu symboliser la force ; le cerf, la virilité. Il est donc vain de chercher à y lire la réalité de l'époque… Dans certaines grottes, il est vrai, il y a aussi des images de vulves et de phallus. Dans la grotte Cosquer, à Marseille, on voit une gravure de phallus, très réaliste, représentation rarissime dans l'art paléolithique.

Des Vénus élancées

– Des sexes dessinés sur les parois ? De l'érotisme, avant l'heure ?

– Là encore, il s'agit sans doute de symboles de fertilité. Dans la grotte Chauvet, en Ardèche (– 35 000 ans), on a aussi relevé la seule représentation de femme peinte que l'on connaisse pour cette époque, dont le bas-ventre est très réaliste… Mais seule une plaquette gravée, découverte par le préhistorien Jean Clottes[1] dans l'Ariège, datant de – 12 000 ans, montre deux personnages qui s'accouplent par-derrière. On a pensé un moment qu'il s'agissait de deux hommes. On penche plutôt maintenant pour un homme et une femme… On connaît aussi, au Tuc d'Audoubert toujours en Ariège, deux bisons modelés, couple d'animaux prêts à s'accoupler. Pas grand-chose, en somme.

– En effet. Et pourquoi y a-t-il aussi peu de représentations sexuelles dans l'art de la préhistoire ?

– La sexualité ne faisait pas partie de la mythologie que symbolise l'art pariétal. Au paléolithique supérieur, on aura ces fameuses statuettes féminines, ces Vénus dont les traits du visage ne sont pas représentés

1. Voir *La Plus Belle Histoire de l'homme* par André Langaney, Jean Clottes, Jean Guilaine et Dominique Simonnet.

mais dont les attributs féminins sont exagérés, qui montrent l'importance que l'on accordait à la fonction maternelle et reproductrice. Ce sont encore des symboles de fertilité, et non pas des représentations réalistes de la femme préhistorique : je ne peux pas imaginer que l'idéal de la beauté était illustré par ces dames à grosses fesses ! À mon sens, les femmes paléolithiques devaient plutôt être du genre élancé et n'avaient pas beaucoup de kilos en trop.

Le début des ennuis

– Et puis, au néolithique, à partir de –10000 ans, c'est la révolution ! Finis les groupes de chasseurs-cueilleurs et leurs couples bucoliques. On invente l'agriculture, l'élevage, le village. Et du même coup, le partage des tâches, la propriété, la hiérarchie, le pouvoir, la guerre... Tout change. Les règles du jeu amoureux aussi ?

– C'est en effet un autre monde qui naît : celui des agriculteurs-éleveurs, qui vont produire leur propre nourriture – céréales, légumineuses – domestiquer des animaux... Alors, avec leurs haches de pierre, ils vont défricher la forêt, labourer des champs, édifier des enclos pour le bétail, construire des maisons groupées en village, entamer des grands travaux, élever des monuments comme les mégalithes. La population augmente, les sociétés se structurent, les mentalités changent. Toutes ces activités frénétiques nécessitent une organisation sociale, une répartition des ressources, et donc un leader, des règles de vie collectives contraignantes. Tout s'uniformise.

– C'est déjà moins gai...

– Maintenant, on ne peut plus construire sa hutte à sa guise ; dans les villages danubiens, les habitations sont toutes semblables, elles ont le même plan, les mêmes dimensions, elles sont alignées sur le même axe ; au Proche-Orient, ce sont les mêmes villages groupés, comme à Jéricho ; les poteries se ressemblent également (elles sont toutes décorées selon un protocole précis). L'autorité, qui décide du partage des tâches, régente aussi la vie privée. On ne peut plus sans doute choisir librement sa compagne ou son compagnon, et il est probable que s'imposent alors une norme des relations sexuelles et des règles d'alliance qui résultent de la propriété des biens.

– Que voit-on alors sur les peintures et les céramiques de cette époque ?

– Un peu partout en Europe, notamment dans les Balkans, et au Proche-Orient, on trouve des représentations de mères fécondes. Les statuettes de Malte ou d'Anatolie représentent des grosses dames plantureuses… Au Sahara et en Anatolie, on trouve aussi le symbolisme du taureau, principe viril, complément de la déesse mère. Mais, contrairement à celui des chasseurs-cueilleurs, l'art des paysans est pleinement réaliste : ce sont des bergers qui mènent les moutons, des femmes qui pilent le grain dans des mortiers…

– Et des couples qui s'enlacent ?

– Oui. Parmi les peintures du Sahara (entre – 5000 et – 2000 ans), on relève cette fois de nombreuses scènes de coït : des personnages en train de faire l'amour dans des cases. Ce sont les premières images de ce type. Elles montrent plusieurs positions, et toujours des couples. Pas d'accouplements multiples… Dans la vallée du Rhône, on a retrouvé récemment, dans des tombes datant du néolithique, un homme accompagné de deux et parfois trois femmes, donc tuées et enterrées au même moment. Ce qui suggère, cette fois, la polygamie, et une certaine violence.

– Fini le paradis ! Le néolithique n'est pas vraiment un progrès pour la vie privée !

– Et pourtant, ce mode de vie paysan se répand partout. Je n'ai jamais compris, moi qui suis fils de paysan, pourquoi il a eu tant de succès, pourquoi les derniers chasseurs-cueilleurs, les hommes du mésolithique qui vivaient dans un climat tempéré avec des ressources abondantes et variées, ont abandonné la chasse et la pêche pour se mettre à défricher la forêt, à creuser le sol, à s'exposer à tous les aléas de la récolte, à constituer des troupeaux menacés par les loups, les maladies, la convoitise du voisin…

– Et déjà, ce sont les femmes qui font les frais de cette frénésie productive.

– Pour les femmes, les tâches domestiques se multiplient. Désormais, il faut participer aux semailles, à la moisson, à la mouture du grain, à la fabrication de la poterie, à sa cuisson… Des activités incessantes que l'on voit encore dans la brousse, en Afrique centrale : les femmes n'arrêtent pas de la journée ! Le néolithique a inauguré pour elles le début des contraintes. Et il est probable que les sentiments entre les gens et la sexualité s'en soient trouvés de plus en plus normalisés, et que le rapt, le viol, l'esclavage naissent et se développent à ce moment-là. C'est le début des ennuis. L'âge d'or est terminé, le monde moderne est déjà en marche.

SCÈNE II

LE MONDE ROMAIN

L'invention du couple puritain

Ils auraient, si l'on en croit Ovide, célébré l'art d'aimer. L'art peut-être, mais la manière ? Les Romains étaient-ils vraiment ces bons vivants éclairés, libres dans leurs mœurs et leurs pensées, comme le laissent imaginer leurs statues de nus au sexe fier, leurs poèmes érotiques, leurs élégies, et leur réputation d'heureuse décadence dont sont faits nos clichés ? Libérés, les Romains ? Épanouis ? Allons donc ! Les Romains ne sont pas fidèles à leurs belles images, bien au contraire ! Chez eux, les rapports entre hommes et femmes, hommes et hommes, hommes et esclaves tenaient davantage de la sexualité de corps de garde. Ce qui n'empêchait pas nos menteurs de Romains d'être devenus un jour des chrétiens avant l'heure. Et même des puritains...

Le couple idéal

– ***Dominique Simonnet**: Sur les murs de Pompéi subsistent encore des peintures à peine altérées représentant des couples antiques, des époux romains qui semblent nous regarder avec un sourire mystérieux. Comment imaginer ce qui se passait entre eux? Faut-il voir, dans leur visage énigmatique, de la dissimulation? De la sérénité? L'amour est-il de la partie?*

– **Paul Veyne**: On connaît en effet de nombreux portraits de ce genre qui, comme des instantanés, s'efforcent de donner du couple une image idéale. L'un d'eux, celui de Paquius Proculus et son épouse, datant du Ier siècle av. J.-C., montre deux riches Romains, saisis au meilleur moment de leur vie, dans la maturité de l'âge, et présentés dans une attitude que l'on a voulue naturelle. Ils sont effectivement mariés, car la femme tient des tablettes et un stylet, ce qui indique qu'elle sait lire, qu'elle est cultivée, distinguée, et qu'on tient à le montrer. À cette époque-là, seules les femmes mariées reçoivent une éducation libérale, les concubines sont illettrées. Voilà donc un couple modèle, tel qu'on le conçoit dans le monde de l'aristocratie antique un siècle avant notre ère, c'est-à-dire deux personnes qui sont ensemble pour parfaire l'idéal du mariage: donner à la cité, à la patrie, de bons citoyens et des chefs qui perpétueront l'ordre social et la lignée.

– *Ils s'aiment?*

– Pourquoi pas? L'amour est de tous les temps, et on peut supposer de ce couple tout ce qu'on peut supposer d'un couple actuel, à une réserve près: il y avait, à cette époque comme à la nôtre, des interdits, des convenances, des idéaux qui influençaient, au moins un peu, les conduites. Le malheur est que les documents, livres, images, qui nous restent de l'Antiquité nous font surtout connaître les conventions et non les conduites réelles. Or, dans les conventions de cette époque, il ne s'agit pas d'amour. Mais de mariage, ce qui est bien plus sérieux. Le mariage est un devoir de citoyen, et il est de bon ton que les époux s'entendent. Dans leur représentation sur les sarcophages, ils se tiennent toujours la main, comme pour suggérer une entente égalitaire. Une formule revient sans cesse dans les textes : « Ma femme est morte, j'ai vécu vingt-cinq ans avec elle, *sine querella*, sans avoir eu à me plaindre d'elle. » Cela veut dire sans doute qu'elle était fidèle à son mari. Les moralistes sévères ajoutaient que le mari devait autant fidélité que la femme. Telle est du moins la morale officielle. Mais nos époux ne sont que deux subtils symboles, deux beaux mensonges…

Esclaves à tout faire

– *L'image ne correspond donc pas à la réalité ?*

– Les fresques nous montrent seulement ce qu'il est normal de montrer dans la bonne société, l'idéal du couple. La réalité est autre. Ce monde romain-là est celui de l'esclavage. L'épouse n'est qu'une petite créature. On la bat à l'occasion. Si on la ménage, c'est à cause de sa dot ou de son noble père. Elle fait des enfants et arrondit le patrimoine. Elle n'est qu'un outil du métier de citoyen, un élément de la maison, comme le sont les fils, les affranchis, les clients et, tout en bas de l'échelle, les esclaves. Sénèque l'écrit : « Si ton esclave, ton affranchi, ta femme ou ton client se met à répliquer, tu te mets en colère. » Et il est admis que le mari... s'envoie toutes ses petites esclaves et ses petits esclaves.

– Allons donc ! Le mari « fidèle » peut donc avoir des « petites amies » en toute légalité ?

– Les esclaves sont là pour cela ! Les choses se passaient comme dans le Brésil d'autrefois, colonial et esclavagiste. On fait de ses esclaves ce qu'on veut. Garçons et filles. On dépucelle les jeunes filles. Ou l'on choisit les garçons : cela crée moins de difficultés. Que l'on soit marié ou non, se « servir » des esclaves ne porte pas à conséquence. Mais attention ! Si l'on est marié et que l'on a des bâtards, personne ne doit dire ni même penser que ces enfants-là sont du maître, bien que tout le monde le sache ! Souvent, madame est jalouse des petites servantes et proteste. Il arrive aussi, et cela est très loué chez une grande dame, qu'elle adopte l'un des bâtards du mari comme un esclave que l'on éduquera à part...

Un harem ou une concubine ?

– Comment se comportent ceux qui ne sont pas mariés ?

– Dans cet univers où les mœurs sont très libres et où l'on peut disposer à volonté des esclaves, certains préfèrent se mettre en « concubinat » avec une esclave que l'on a affranchie. C'est une option parfaitement reconnue. Le concubinat sera encore admis par les chrétiens : saint Augustin jeune vécut longtemps avec une concubine et eut un fils. La différence, c'est que les enfants qui en résultent ne sont pas légitimes, ils n'héritent pas. Si bien que la grande question est celle-là : est-ce que j'en reste à mon harem d'esclaves ou à mon affranchie favorite ? Ou est-ce que je me marie, en homme sérieux, pour donner à l'État des citoyens de plein droit ? Sénèque décrit ainsi celui qui hésite : *« Modo vult concubinam habere, modo mulierem »* – il veut tantôt avoir une concubine, tantôt une femme – il n'arrive jamais à se décider.

– Le mariage est donc avant tout un acte civique ?

– Il n'est que cela. Ce mariage, qui, comme le dit un censeur vers – 100, est d'abord « une source de tracas », est en effet un devoir civique, quasi militaire, les deux aspects étant confondus chez les Romains. On se marie pour bénéficier d'une dot, moyen honorable de s'enrichir, et pour donner des citoyens à la patrie. C'est pour cette raison qu'Auguste et les autres empereurs plaideront en faveur du mariage : la république a besoin d'assurer la continuité de ses citoyens de plein titre, le concubinat ne fournissant que des habitants de seconde zone.

– Pourtant, chose difficile à comprendre pour nos esprits modernes, ce mariage romain, si soumis à l'exigence de la république, reste un acte privé, presque confidentiel.

– Exactement. Aucun pouvoir public ne contrôle le mariage. On ne passe pas devant l'équivalent d'un maire ou d'un curé, on ne signe aucun contrat, sauf un engagement de dot s'il y en a une. Quant à l'héritage, il est presque totalement libre. À un moment, on a rendu obligatoire de léguer le quart de ses biens à ses héritiers normaux, ses enfants par exemple. Mais on a conservé la possibilité de faire ce que l'on veut des trois quarts restants. Et on divorce de la même manière : quand on en a envie.

Divorce en catimini

– On imagine que la femme, cette « petite créature » dont vous parliez, n'en a pas, elle, la possibilité.

– Détrompez-vous ! Certes, le monde romain est profondément machiste. La femme n'a pas accès à la politique par exemple. Mais elle est plus libre que dans le monde grec, où elle ne peut sortir sans être accompagnée d'une servante, et où elle est traitée comme une enfant irresponsable. À Rome, elle divorce quand elle veut ! Il arrive ainsi que le mari ne sache même pas s'il est encore marié ou divorcé.

– Sa femme a divorcé sans lui dire ?

– Oui. Messaline, s'ennuyant près de l'empereur Claude, a ainsi divorcé et s'est remariée sans le lui faire savoir. Tout Rome, médusé, le savait. Sauf l'empereur. Messaline avait même emporté une partie du mobilier impérial pour récupérer sa dot. Un soir, les deux concubines que l'empereur avait pour habitude d'inviter chaque nuit dans son lit lui ont tout avoué : « Prince, Prince, Messaline a divorcé et elle s'est remariée. » L'autre n'en est toujours pas revenu. C'était ainsi. Le divorce de Messaline était légitime. Si l'on divorçait, il convenait normalement d'envoyer une lettre au conjoint pour l'en avertir. Par politesse, mais enfin, on pouvait négliger cette formalité.

– *Les divorces étaient donc si fréquents ?*

– Dans la haute société, oui. Le problème était donc de savoir si l'on était divorcé ou pas. Un autre exemple : Mécène nouait avec sa femme des relations tumultueuses et périodiquement celle-ci claquait la porte. Se posait alors la question : ce départ était-il un divorce ou pas ? Impossible de le savoir. Non seulement le mariage et le divorce sont des actes privés, mais ce ne sont pas des actes formels. La femme disait : « Je n'ai pas divorcé ! » « Non, répondait Mécène, je ne veux plus te voir, tu as divorcé. » Un vrai casse-tête qui a laissé ses traces dans la littérature juridique. Le droit romain est très imprécis en ce domaine. Il est fait de gestes, d'actes, de symboles, mais pas d'écrits. Et lorsque le journal quotidien de Rome, les *Acta diurna*, qui se régalaient de ce genre de potins, ne révélait pas les choses (pour l'empereur, il n'a pas osé), on pouvait effectivement être divorcé sans être au courant.

La chasse à la veuve

– *Quel est le sort des femmes seules, célibataires, divorcées ?*

– Juridiquement, si elle est mineure ou célibataire, la femme romaine dépend de son père, ou de son oncle, ou d'un tuteur. Dans la réalité, le rôle du tuteur est devenu très vite fictif. La femme agit à sa guise, quitte à se faire couvrir par un tuteur pour le principe, et à s'en débarrasser s'il rechigne. Souvent, une femme riche, non mariée, exerce le métier non pas vraiment de courtisane, mais de femme entretenue. Si un homme établit une liaison avec elle, il convient qu'il l'aide à vivre et lui accorde une pension.

– *C'est un droit ?*

– La femme est en effet en droit de réclamer devant la justice si ce contrat, pourtant immoral, n'est pas respecté. Les témoignages de procès le montrent : le statut de la femme entretenue est tout à fait légitime. Si elle est veuve, elle administre ses biens elle-même, elle choisit son régisseur dont elle est généralement la maîtresse.

– *Être veuve n'est donc pas un mauvais statut.*

– C'est un statut idéal ! Les veuves ont une liberté de mœurs absolue. Théoriquement, elles devraient être surveillées par l'oncle paternel. Cela dit, la veuve, disposant de sa fortune et ayant toute liberté de rédiger son testament, est assiégée par de véritables « chasseurs ».

– *Des chasseurs de veuves ?*

– Oui. À Rome, la chasse à la veuve était l'un des modes usuels d'amasser une fortune. Le capitalisme est alors sommaire, il est plus aisé de capter une fortune déjà réunie que de la construire soi-même. Pour devenir riche, on peut hériter, dénoncer un opposant politique à l'empereur (celui-ci lui fait couper la tête ou l'oblige à se suicider, et l'on hérite de ses biens) ou… chasser la veuve. C'est une activité un peu méprisée, comme l'est à cette époque le négoce, mais parfaitement admise.

Un viol légal

– *Tolère-t-on la femme adultère ?*

– Tout dépend des maris. Certains ferment les yeux, et ils sont blâmés parce qu'ils font preuve de faiblesse : on ne rit pas du cocu, on lui reproche son manque de fermeté envers sa femme. Il ne fait ni un bon militaire ni un bon citoyen. La mentalité romaine, c'est toujours une histoire de chef. Si l'on surprend son épouse avec un amant, alors là, tout est permis. La solution la plus simple est de le faire compisser par tous les esclaves et la valetaille. La plus radicale est de lui infliger le traitement d'Abélard : la castration. En toute légalité.

– *Et la malheureuse épouse ? Quel sort lui réserve-t-on ?*

– La femme, on n'y touche pas ! On la renvoie si l'on veut, mais il n'est pas question de tuer les deux amants au lit. De temps en temps, on dénonçait l'inconduite des siens. Les deux filles d'Auguste ont été exilées pour mauvaises mœurs. L'une d'elles ne faisait l'amour que lorsque son mari l'avait rendue enceinte (elle a eu six enfants) : dès ce moment-là, elle prenait un amant. « La barque étant déjà pleine, disait-elle, je ne risque pas de donner des enfants illégitimes à mon mari. »

– *On idéalise le couple, on considère la femme comme inférieure, mais on lui laisse certaines libertés... Tout cela semble paradoxal.*

– C'est ainsi. Il ne faut pas chercher la cohérence dans cette morale. D'un côté, la femme est idéalisée à l'intérieur du mariage, conçu comme une institution noble qui exige l'amitié ; le divorce est plus égalitaire encore que dans notre droit moderne. Mais de l'autre, il y a ce mépris absolu des hommes pour tous les inférieurs, dont les femmes. Un détail cru, que nous racontent les textes, montre ce qu'il y a d'invraisemblable dans cette « morale » : le jeune époux ne déflore pas sa femme dès la première nuit, il la sodomise. Et cela, dans la meilleure société ! Cela est explicitement présenté dans de nombreux textes, tels ceux de Plaute et du poète gaulois Ausone. On se rapproche du monde musulman. La nuit de noces est un viol légal.

Être un chef, même au lit !

– C'est cela, le civisme dont vous parliez, qui se confond avec l'ordre militaire ? Être un vrai chef, même au lit ? C'est carrément une idéologie de corps de garde !

– Totalement. Rome est une société militariste. De vertu, ils n'en ont pas. D'organisation, non plus. Quand on dit que le système impérial romain est un génie de l'organisation, c'est une étrange affirmation. C'est l'un des pires qui soit ! Les deux tiers des empereurs sont morts assassinés. Leur système exécrable a détruit l'empire, a ravagé les populations : il y avait une guerre civile presque à chaque changement de règne. Mais les Romains naissaient avec la conviction qu'ils étaient faits pour commander : au monde, aux femmes et aux esclaves.

– C'est ce qu'on apprend aux petits garçons ?

– Très tôt, les jeunes garçons vont au bordel, encouragés d'ailleurs par les pouvoirs publics. Un jour,

Caton le Censeur, homme sévère, voit des jeunes garçons entrer dans une maison de tolérance. Il leur dit « Bravo ! C'est mieux que d'aller coucher avec des femmes mariées ! » Il s'agit bien d'une conception militaire de la sexualité : l'important est de ne pas mettre le désordre dans les familles.

– Aurait-on eu raison de dire que la société romaine est débauchée ?

– Mais non ! On imagine l'Antiquité d'après *Le Satiricon* et les films de Federico Fellini. C'est exactement l'inverse ! Le monde romain est un monde mahométan avant l'heure, il est puritain. Il n'y avait pas d'orgies à Rome. D'où justement *Le Satiricon* : il décrit non pas ce que l'on fait mais ce que l'on ne fait pas, ce que l'on rêve de faire. On en bave, comme un collégien d'aujourd'hui devant son premier magazine porno. On raconte aussi quelques cas extravagants : un richissime noble romain tellement dépravé qu'il... se faisait servir par des femmes nues à table. Quelques cas de partouzes : il disposait ses petites esclaves en bordel pour ses invités. Et le cas d'un pervers qui avait fait mettre des miroirs dans sa chambre. Voilà leurs perversions !

L'impossible nudité de l'aimée

– C'est tout ?

– Oui. Dans la réalité, il y avait une vraie censure des mœurs : on ne fait l'amour que la nuit, sans allumer de lampes (sinon, dit-on sans y croire une seule seconde, cela souille le soleil). Seuls les libertins le font de jour. L'honnête homme ne voit donc pas sa bien-aimée nue, sauf peut-être aux bains. Parfois, la nuit, s'il a laissé les volets ouverts, il peut avoir une chance… Ah ! La lune qui pénètre dans la chambre et révèle d'un coup la nudité de l'aimée… C'est le grand cliché des poèmes.

– Mais ces statues nues, partout dans les rues, dans les palais…

– Elles montrent à quel point l'imaginaire est différent des conduites réelles et du discours officiel. Avec les statues de déesses, les Romains se sont fait de la femme l'idée la plus noble, la plus sensuelle, la plus distinguée qui soit. Junon est une grande dame ; Artémis, une chasseresse indépendante ; Vénus, une splendeur… Une Vénus que l'on peut voir au musée du Capitole à Rome, qui ornait probablement un établissement de bains ou un palais impérial, montre une ligne du dos si verticale, si noble, qu'on était tenté de la surnommer la « princesse au beau râble ».

– Mais tout cela n'est qu'apparence, imagination…

– L'imaginaire va loin. Mais il n'a rien à voir avec tout ce verbiage civique, ces mœurs d'esclavagistes et ces pratiques de puritains. S'il est aussi libre, c'est qu'il se porte, dans l'art et la poésie, sur des déesses mythologiques, des êtres qui n'existaient que dans l'imagination ; par exemple, lorsqu'une femme du peuple passait devant la statue de la belle chasseresse Diane, elle envoyait un baiser à cette déesse vierge et la priait de lui donner une fille aussi belle qu'elle. L'abîme entre le machisme des Romains et leur noble imagination est considérable.

Le plaisir de la femme, c'est mal !

– *Dans la réalité, les tabous sexuels étaient donc nombreux.*

– Beaucoup de gestes de l'amour sont absolument vomis (c'est la raison pour laquelle les textes en parlent à satiété) : la fellation notamment, et surtout le cunnilingus, qui déshonore un homme parce qu'il se met au service d'une femme. Il y avait trois horreurs suprêmes pour un homme : coucher avec sa sœur, coucher avec une vestale, se faire sodomiser. Trois choses que l'on a attribuées à des tyrans, comme Néron et Caligula (qui était un dément précoce). Pour les homosexuels, l'important est de sabrer, et de ne pas être sabré. Il faut toujours dominer. Un esclave ne compte pas : il est là pour être consommé. Un homme libre, en revanche, ne doit pas se laisser faire par un autre homme et ne se met pas au service d'une femme. Il a sa dignité ! Ce qui est le plus condamné par un Romain, c'est la mollesse. Si vous courez trop après les femmes, si vous êtes trop sensible à la féminité, si vous prêtez votre bouche au plaisir féminin, vous n'êtes pas un chef, vous êtes mou. C'est pire que tout ! Telle est la morale officielle.

– *Charmants, ces Romains… Cette conviction imprègne donc les rapports privés. C'est une sexualité de viol que vous décrivez. Inutile d'évoquer le plaisir féminin dans une telle ambiance…*

– Le plaisir de la femme, c'est mal. Un texte dit : « Il vaut mieux finalement coucher avec des femmes esclaves ou affranchies, parce que, si tu commences à jouer au jeu de l'adultère mondain avec les femmes du monde, tu es obligé de les faire jouir. » Tout le monde suppose que Messaline, puisqu'elle avait fait ce mauvais coup à son empereur de mari, attachait une certaine importance aux plaisirs du lit : elle était donc une sorte d'affamée, une dévoreuse d'hommes. Les termes les plus vifs parlent de femmes dont le ventre est « un puits à plaisir ». Avec leur appétit, les femmes détournent les hommes du devoir, dit-on. Le plaisir féminin est un gouffre d'hystérie, le plaisir masculin est une faiblesse dont on ne parle pas. Il ne doit servir qu'à faire des enfants, dans le mariage.

– Les hommes peuvent quand même se servir des esclaves…

– Officiellement, on peut à la rigueur faire l'amour pour le plaisir avec les esclaves, mais c'est tout… En revanche, la conduite de l'amant qui fait sa cour (car, dans la réalité et au moins dans le grand monde, on faisait sa cour, bien que nos documents le disent peu) consiste en deux attitudes de serviteur : il lui tient son miroir quand elle se peigne, et quand elle revient à la maison, il défait la courroie de ses sandales en se mettant à genoux. Quelle audace ! C'est le grand romanesque ! Les Romains le pratiquaient et l'aimaient, mais il ne convenait pas de le dire.

Contraire à la nature

– Vous parlez indifféremment de l'hétérosexualité comme de l'homosexualité. Mépris de la passion, dégoût de la mollesse, exaltation du chef… Tout cela

justifie une homosexualité masculine. Cette dernière était-elle totalement banalisée ?

– Deux textes d'auteurs latins, Martial et Properce, le proclament : « J'en ai assez de ces histoires de passion, de ces intrigues, de ces femmes du monde compliquées. Mieux vaut le faire avec un garçon, ça passe comme un verre d'eau, et on oublie. » Avant de contracter un mariage pour donner des chefs à l'État et pour continuer la dynastie familiale, la solution idéale pour le maître est de coucher avec ses petits esclaves, car cela n'occupe pas l'esprit. Au moins, on ne risque pas de devenir amoureux, alors que l'on peut s'enticher d'une servante. Cela est dit en toutes lettres. À la fin de la République, un jeune garçon du meilleur monde qui veut se faire de l'argent de poche se prostitue. Cela fait partie des mœurs.

– L'homosexualité des femmes ?

– C'est une horreur ! Sénèque, ce grand moraliste, distingue ce qui est conforme à la nature et ce qui lui est contraire. Le philosophe Lucrèce, en tant qu'épicurien, était très porté sur la nature, donc il ne voulait pas que l'on badine, et il réduisait le plaisir à tout ce qu'il y avait de plus naturel. À mon sens, il n'y a rien de moins plaisant qu'un épicurien antique ! C'est pire qu'un écologiste ! Lucrèce dit ceci : « Il y a des libertins qui ont des pratiques inutilement compliquées, mais nous autres épicuriens, qui suivons la nature, n'avons pas besoin de ces complications. Nos femmes, il faut les prendre en levrette, comme les animaux, parce que c'est naturel. Et le sperme coule mieux, ajoute-t-il, parce qu'elle est en pente. » Cela vous donne un aperçu de la pensée antique en la matière. Non, ce n'est pas Fellini !

On la viole, et on l'épouse

– Les paysans se conduisaient-ils de la même manière dans leur vie privée ?

– Nous n'en savons rien. Juvénal parle avec ironie de la plébéienne qui va voir une tireuse de cartes (les aruspices sont trop chers) pour savoir si elle doit divorcer du charcutier et épouser le marchand d'habits, ce qui laisse soupçonner que, dans ce milieu de riches boutiquiers, la femme avait quelque pouvoir de décision et que les divorces étaient fréquents. L'un des rares détails de la vie paysanne que l'on connaisse n'est pas très reluisant : le vieux paysan qui n'a pas eu d'enfants rafle deux ou trois petits ou les rachète au voisin. Ou alors il les ramasse sur le tas de fumier où l'on met les enfants abandonnés.

– Qu'en fait-il ?

– Il les prend comme caisse de retraite pour ses vieux jours : ils le nourriront quand il sera devenu impotent. Dans les campagnes, pour faire sa cour, on pousse la jeune fille dans un coin, on la viole, et on l'épouse. On peut supposer, d'après les exemples grecs, que ce scénario était courant. En tout cas, le viol fait partie du jeu. Quand il y a une fille malhonnête dans le pays, on va la violer en bandes. Ainsi les supporters des gladiateurs sèment-ils souvent la terreur. La courtisane du pays en est souvent la victime. « Elle est là pour ça... » Nous n'en savons pas davantage.

L'amour, un grand danger

– Il y a une chose qui manque dans toute cette histoire assez crue. On ose à peine prononcer ce mot : l'amour. Ou, si vous préférez, le sentiment amoureux, la passion…

– Bien entendu, ils étaient comme nous : souvent amoureux. Mais ils ne nous le disent pas, car l'amour est un grand danger. La société ne tient que parce que les gens restent maîtres d'eux-mêmes, qualité nécessaire afin de pouvoir commander à autrui. Cette maîtrise de soi militaire impose de ne pas céder à ses sentiments. Et dans une institution noble comme le mariage, il n'est pas question non plus de tomber dans une atmosphère sentimentale.

– La passion ?

– C'est bon pour les poètes. Dans les romans, on raconte souvent l'histoire de deux amoureux qui connaissent les péripéties les plus invraisemblables : ils sont capturés par des pirates, la femme est vendue par des brigands, exilée, mais au moment où elle va être violée, Zeus foudroie les méchants… Elle s'en tire et reste vierge. Après vingt ans de péripéties où ils sont aussi jeunes qu'au début, ils se marient enfin et vivront heureux. Cela ressemble à nos romans de gare : la recette a deux mille ans. Mais ce n'est que du roman.

– Et Antoine et Cléopâtre, leur passion légendaire ?

– Il est difficile de ne pas aimer une reine qui vous donne tout l'Orient ! On serait amoureux à moins. Un épisode de l'*Odyssée* d'Homère dit tout sur Antoine et

Cléopâtre, avec neuf siècles d'avance : Ulysse rencontre Circé qui a le don de transformer les hommes en porcs. Mais il lui résiste, car il a obtenu la protection spéciale des dieux. Alors Circé lui dit : « Montons sur mon lit et, devenus amants, prouvons-nous par là que nous pouvons désormais nous fier l'un à l'autre. » Voilà Antoine et Cléopâtre. Ils auraient pu aussi se donner des otages. Ils ont préféré monter sur le lit.

La nouvelle morale

– *Et puis, arrive un tournant dans cette histoire : brusquement, vers le IIe siècle de notre ère, les Romains se donnent une nouvelle morale…*

– Oui. C'est un changement mystérieux qui se produit peu avant l'an 200, au temps de Marc Aurèle. Une autre Antiquité commence. Tout se durcit. On se met à interdire les mauvaises mœurs, alors qu'on en plaisantait jusque-là. Peu à peu s'instaure une très vive hostilité à l'avortement et à son substitut, l'exposition d'enfants, qui était courante et quasi officielle (à l'exception des juifs, qui, seuls dans le monde romain, élevaient tous leurs enfants). On stigmatise les veuves qui couchent avec leur régisseur. On sévit à l'encontre de l'homosexualité.

– *C'est la répression.*

– La doctrine officielle change : désormais, l'entente dans le mariage, qui n'était que souhaitée, devient un contrat mutuel (mais il ne s'agit toujours pas d'amour). L'adultère du mari est considéré comme aussi grave que celui de la femme (mais on ne le punit pas vraiment, il ne faut pas exagérer). Celle-ci devient la compagne, qui connaît son infériorité naturelle, mais satisfait à son devoir. Le bon mari doit la respecter. Les époux doivent être chastes, contrôler le moindre de leur geste, ne pas trop se caresser, et ne faire l'amour que pour procréer. La sexualité, c'est pour faire des enfants. Les Romains ont inventé le couple puritain ! Ils ont inventé la morale conjugale !

Chrétiens avant l'heure

– *Mais c'est carrément le mariage chrétien que vous décrivez !*

– Exactement ! Le mariage dit « chrétien » est né avant les chrétiens. Ceux-ci se sont contentés d'adopter et de durcir la nouvelle morale païenne, le stoïcisme de Marc Aurèle, en y ajoutant par ascétisme leur propre haine du plaisir. Marc Aurèle se félicite dans ses *Pensées* d'avoir fait l'amour très tard et de n'avoir pas cédé à la tentation de l'une de ses servantes et de l'un de ses esclaves. Dire que le christianisme est le fondement de notre morale est dépourvu de sens.

– *Ce sont donc les Romains qui ont inventé la morale chrétienne, en somme.*

– C'est en tout cas sous les païens, sous les Romains, que celle-ci s'est forgée, pour des raisons que nous ignorons. Mais les mœurs ne changent que lentement. Au Ve siècle, Paulin de Pella, chrétien de la grande noblesse de Gaule, aura cette phrase admirable : « Dans ma jeunesse, je me suis beaucoup adonné à l'amour, mais je couchais uniquement avec mes servantes esclaves, non avec des vierges ni des femmes mariées.» Cela en dit long sur l'évolution réelle de la morale.

– La virginité avant le mariage est-elle cette fois requise ?

– L'obsession mahométane de la virginité ne semble pas exister à cette époque. Nous ne disposons d'aucun témoignage qui relaterait l'exposition du drap ensanglanté après la nuit de noces, du moins dans la bonne société. Il y a d'autres tabous. Parmi le peuple, par exemple, les femmes esclaves vont coucher à l'écart quand elles ont leurs règles (c'est d'ailleurs ainsi que Spartacus a remporté une victoire : le camp des esclaves révoltés s'étant transporté sur les flancs du Vésuve, avec les compagnes, celles qui dormaient à l'extérieur du camp ont vu arriver les légions romaines et ont pu donner l'alerte). On ne connaît pas d'histoires de filles assassinées parce qu'elles n'étaient plus vierges.

Distribution de coups de fouet

– Ce changement de morale sacralise cependant le mariage. La femme y trouve-t-elle son compte ?

– La nouvelle morale est un verbiage idéologique. Mais la pratique, c'est autre chose... La nouvelle morale est *un peu* suivie dans les nombreuses sectes. C'est ce qui est difficile pour un historien : les grands déterminismes n'opèrent pas d'un coup, ils ne provoquent que des petits changements. L'histoire fonctionne dans le « un peu ». Ce changement mystérieux de moralisation tous azimuts qui se produit vers 200, au temps de Marc Aurèle, a certes changé les mœurs mais... un peu.

– *Les esclaves bénéficient-ils de cette évolution ?*

– À partir de 200, la situation ressemble à ce que sera l'esclavage dans le sud des États-Unis, où le premier soin sera de baptiser les esclaves avant de les faire travailler dur et de surveiller leurs mœurs. À Rome, les esclaves sont traités aussi mal qu'auparavant, mais désormais la maîtresse de maison concède à l'un ou l'une de ses esclaves le droit de se marier. On ne sépare plus les couples et les familles. Le moralisme commence à peser sur ces petits êtres. Jusqu'à un certain point...

– *C'est-à-dire ?*

– Tous les matins, dans les bonnes maisons, il y a distribution de coups de fouet. Peu avant le triomphe du christianisme, un grand concile se réunit près de Séville, qui examine la conduite à suivre par les chrétiens et les chrétiennes. Il y est décrété ceci : si une esclave battue à mort par sa maîtresse est décédée après un délai de trois jours, la maîtresse ne sera pas considérée responsable. Ce qui en dit long sur la façon de les traiter.

Le tour de vis

– *Survient la décadence de l'Empire. On suppose, après vous avoir écouté, que nos idées sur cette fin sont aussi erronées. Toujours pas d'orgies, pas de bacchanales ?*

– Bien sûr que non ! Au contraire, ça se crispe encore : en l'an 394, un empereur chrétien fait saisir pendant la nuit tous les prostitués mâles des bordels de Rome et ordonne qu'ils soient brûlés en public dans un gigantesque bûcher. La même année flambe la première synagogue. La même année débarque à Carthage un homme chargé de démolir les temples païens. On commence à persécuter les hérétiques et schismatiques (mais non les païens : on persécute seulement entre soi). Cependant, on interdit le paganisme. Les derniers Romains de cette histoire sont vissés par les chrétiens, par les stoïciens, par les platoniciens. S'ils ont écouté ces gens, ils se seront peu amusés ! Désormais, l'ordre sexuel va régner. Du moins, en principe... Car vous avez vu que le chrétien Paulin de Pella ne s'ennuyait pas dans son harem de servantes esclaves...

SCÈNE III

LE MOYEN ÂGE

Et la chair devint péché…

Ah ! L'amour plus fort que l'exil, plus fort que la mort, le philtre qui lie à jamais, les déclarations enflammées des chevaliers, les longues plaintes des amoureux sacrifiés (« De ma mort, vous aurez une telle douleur, ajoutée à votre grande langueur, que jamais vous ne pourrez plus guérir », gémit Iseult, séparée de son Tristan)… Un certain Moyen Âge aurait, dit-on, célébré la passion, ce sentiment mortel mais sublime. Pas si vite ! L'époque n'était pas aussi romantique. Et l'amour, pas vraiment courtois, si ce n'est l'adultère. En fait, le christianisme vint donner un tour de vis supplémentaire au lourd couvercle qu'avaient posé les derniers Romains sur le couple marié. Et la chair devint péché…

Pas si courtois que ça

– **Dominique Simonnet:** *Des mœurs du Moyen Âge, on retient deux images : celle d'un monde féodal, brutal, viril, conquérant, dans lequel les femmes sont des proies. Et celle de l'amour courtois, du mignon troubadour courbé devant sa gente dame qu'il idéalise mais ne touche pas. Deux clichés apparemment contradictoires…*

– **Jacques Le Goff:** Ils ne le sont pas. La violence guerrière de la féodalité médiévale cohabite très bien avec, dans la littérature, l'exaltation de la féminité, de la chasteté et de la passion propre à l'amour courtois. On trouverait d'ailleurs une dichotomie similaire dans la civilisation japonaise au temps des samouraïs. Mais l'histoire du Moyen Âge, et particulièrement l'amour courtois, a été l'objet de nombreuses déformations et de nombreux mythes, inventés notamment par les romantiques qui ont modelé notre sensibilité. Avec Georges Duby, grand médiéviste, nous nous posions souvent cette question: l'amour courtois a-t-il vraiment existé ? Ou n'a-t-il été qu'un fantasme ? L'historien catholique Henri Irénée Marrou (qui écrivait sous le pseudonyme de « Davenson ») s'était lui aussi interrogé en une formulation plus brutale: les troubadours couchaient-ils ?

– *La question a le mérite d'être claire. Et la réponse ?*

– La documentation dont nous disposons sur l'amour au Moyen Âge, essentiellement littéraire et iconographique, ne nous permet pas de trancher sur ce dernier point. Les seuls, peut-être, à s'être approchés de l'amour courtois furent Héloïse et Abélard. Après avoir beaucoup hésité, je pense aujourd'hui que leur correspondance a été un peu modifiée, mais qu'elle est authentique.

– Parce qu'ils avaient connu une passion secrète hors du mariage, Abélard fut châtré, Héloïse cloîtrée...

– Oui, mais ces deux-là sont des cas uniques. Ils deviendront d'ailleurs plus tard des symboles : dans *Le Roman de la rose,* ils figurent en bonne place parmi les miniatures d'amoureux. S'il a imprégné légèrement les mœurs des classes supérieures (car les fantasmes d'une époque influencent toujours la réalité), l'idéal courtois ne les a pas bouleversées en profondeur. Pour moi, il était essentiellement littéraire, et il se cantonnait dans l'imaginaire, tout comme les fabliaux, ces récits assez crus qui parlent de la fantasmagorie paysanne et bourgeoise.

– Tristan et Iseult, le philtre de la passion, ces chevaliers qui guerroient en rêvant de leurs belles, ces déclarations de fidélité déclamées, un genou en terre, dans les tournois... Tout cela ne serait donc que littérature ?

– J'ai en effet tendance à le penser. Ce que nous savons des mœurs de cette époque-là est assez différent et ne va guère dans le sens d'une pratique « courtoise » entre hommes et femmes. Jean-Charles Huchet a d'ailleurs pu écrire un bon livre sur *L'Amour discourtois*.

Les rois francs polygames

– Essayons donc de comprendre ce qui se passait entre eux. Après la chute de l'Empire romain, viennent les barbares, Francs, Wisigoths et autres Ostrogoths qui ne sont pas vraiment des tendres. En se convertissant au christianisme, adhèrent-ils à cette nouvelle morale puritaine dont nous parlait Paul Veyne qui, désormais, fait régner l'ordre sexuel ?

– La christianisation des mœurs fut très lente. L'intériorisation des conceptions de l'Église dans les mentalités et les pratiques a demandé des siècles. Sur la base des écrits de Grégoire de Tours, l'un des grands chroniqueurs de la Gaule, on a souvent insisté sur le caractère sauvage de la première période du Moyen Âge, ce qui n'était pas tout à fait faux. En ces temps-là, à l'époque mérovingienne, la polygamie, qui n'existait presque plus à Rome, était encore pratiquée par l'aristocratie barbare. Jusqu'au père de Saint Louis, Louis VIII (1223), les rois francs sont restés polygames ! Nombre de scandales eurent lieu à ce propos autour de Lothaire ou de Robert le Pieux vers l'an 1000.

– En ce temps-là, on se marie pourtant selon des règles extrêmement strictes.

– Nous sommes très peu informés sur les pratiques des paysans, qui constituaient pourtant 90 % de la société. Pour les nobles en tout cas, le mariage était de « convenance », c'est-à-dire réglé par le roi, premier des marieurs, qui gardait son emprise sur la noblesse en lui prodiguant des faveurs, terres et dots. Georges Duby a raconté par exemple comment Richard Cœur de Lion et Jean sans Terre se sont assuré l'allégeance de Guillaume le Maréchal, un seigneur qui fut l'un de leurs principaux guerriers et conseillers : ils lui ont fait épouser des femmes appartenant à un rang plus élevé, ce qui lui donnait du prestige. À l'intérieur de la famille, c'était les anciens qui orchestraient le mariage. De plus, celui-ci était un contrat civil, passé devant un notaire et limité à l'Europe méridionale.

– Il échappait donc au contrôle de l'Église.

– Oui. Mais à partir du XIIe siècle, l'Église va étendre petit à petit son pouvoir sur le mariage : elle l'institue en sacrement (mais il ne le deviendra vraiment qu'au XVe siècle, quand on le célébrera à l'intérieur d'une église et non plus devant) et elle impose son modèle : l'indissolubilité des liens et la monogamie. Ce faisant, elle donne plus de libertés aux époux qu'ils n'en avaient jusque-là.

– Plus de libertés !

– Mais oui ! N'oublions pas combien la morale antique était oppressive, comme l'a décrit justement Paul Veyne. Cette fois, le mariage chrétien réclame le consentement de chacun des époux, ce qui n'était pas le cas auparavant. Non seulement celui du mari, qui peut s'opposer au pouvoir du monarque ou de sa famille, mais celui de la femme. Ce n'est pas rien !

L'amour courtois, c'est l'adultère !

– Consentement mutuel, peut-être... Les époux acquièrent un nouveau droit. Mais l'exercent-ils vraiment ?

– Ne soyons pas naïfs : beaucoup de mariés ne profitaient pas de cette libéralité parce que le poids de la société continuait à se manifester. Toutefois, on connaît plusieurs exemples de procès devant les tribunaux ecclésiastiques où les mariés réclamaient cette liberté de choix qui leur était refusée. Comparé aux pratiques du monde gréco-romain (n'oublions pas que, dans la démocratie athénienne, les femmes n'avaient aucun droit), le christianisme a, en un certain sens, fait progresser le statut de la femme, par cette idée révolutionnaire du consentement mutuel.

– Mais revers de la médaille, l'Église s'insinue dans l'intimité du couple marié.

– C'est juste. Nous avions remarqué, Michel Foucault et moi, combien l'année 1215 a profondément marqué la psychologie et la culture de l'Occident. Cette année-là, on décrète l'obligation pour tous les chrétiens, des deux sexes, à partir de 14 ans, de se confesser au moins une fois l'an, ce qui va aboutir à la communion pascale et à l'examen de conscience, base de notre introspection et de la psychanalyse (mais le confessionnal ne sera inventé qu'au XVIe siècle et se généralisera au XVIIe). C'est aussi en 1215 que le quatrième concile du Latran, réunissant les évêques chrétiens romains sous l'autorité du pape, rend obligatoire la publication de bans, un mois avant le mariage.

– Chacun, s'il a une bonne raison de le faire, peut s'opposer à un mariage. Pourquoi une telle mesure ?

– Le but est d'empêcher la consanguinité : originellement, l'interdit s'étendait jusqu'à la septième génération, mais dans une société plus ou moins endogame, cela n'était pas réaliste, et on s'est contenté de l'imposer jusqu'à la quatrième génération. Pour l'Église, c'est un moyen de contrôle. Mais en même temps, la publication des bans donne aux futurs mariés la possibilité de faire annuler le mariage. C'est donc pour eux une occasion de conquérir une certaine indépendance. Très explicitement, l'Église veut contrecarrer la puissance du lignage et le poids des familles.

– Mais le mariage chrétien est indissoluble. Pas de divorce, contrairement aux Romains... Sur ce plan-là, les femmes, cette fois, n'y gagnent pas.

– C'est vrai. Alors, on se réfugie dans l'adultère. C'est précisément ce que reflète la littérature courtoise qui fleurit à ce moment-là. De quoi parle-t-elle en réalité ? De jeunes chevaliers qui font tout pour s'emparer de la femme d'un autre. Dans cette conception, l'hyménée se développe toujours hors mariage et dans l'adultère. Tristan et Iseult, c'est l'adultère. Guenièvre et Lancelot, c'est l'adultère. L'amour courtois, c'est l'adultère ! Et peut-être, en refoulé, comme on en a fait l'hypothèse, l'homosexualité.

La Vierge superstar

– On en comprend mieux le sens désormais. Le seigneur parti guerroyer, c'est le mari trompé !

– Ce n'est pas si simple. L'un des principaux chroniqueurs du XIIe siècle, Foucher de Chartres, le dit clairement : dans les motivations qui poussaient les chevaliers à la croisade, il y avait la recherche de femmes. D'autant plus qu'à ce moment-là la forte croissance démographique produit, dans la couche noble, nombre de jeunes hommes sans femmes. Parmi celles qui suivaient les croisés, il y avait des prostituées, mais parfois des épouses. Aliénor d'Aquitaine, qui était une vraie garce uniquement préoccupée par le pouvoir et le sexe, en a d'ailleurs profité pour tromper son mari Louis VII. Quant à Saint Louis, il ne fut pas un mari idéal : lorsque sa femme Marguerite de Provence a accouché en plein désastre de sa première croisade après avoir mené d'habiles négociations pour le libérer, il ne s'est même pas donné la peine d'aller lui rendre visite. Joinville, son chroniqueur et admirateur, en fut lui-même indigné.

– En même temps, dans ce climat un peu hypocrite, se développe l'idée de virginité.

– Le prestige des vierges avait déjà été exalté par le paganisme romain. Les chrétiens reprennent et promeuvent cette idée. Dans la société européenne occidentale (laissons à part Byzance et l'Europe de l'Est qui est sous sa coupe), le culte de la Vierge Marie s'impose à partir du XIIe siècle. La Vierge se place audessus de tous les saints qui, au cours du Moyen Âge, se spécialisent : l'un est censé guérir telle maladie, un autre rendre les femmes fécondes ou sauver du naufrage… La Vierge devient médiatrice de sagesse et de salut, elle acquiert un nouveau statut dans la société et il n'est pas indifférent qu'elle soit une femme. Elle symbolise également le triomphe de la maternité, lui donnant un caractère mystique et sentimental. Les mères, celles qui donnent la vie, en acquièrent du prestige, d'autant que, la mortalité infantile diminuant grâce aux progrès de l'alimentation et de l'hygiène, elles mettent au monde des enfants viables qui deviennent adultes.

« Tu ne forniqueras point »

– *Mais la virginité, c'est aussi la chasteté. La sexualité est de plus en plus sévèrement condamnée.*

– Absolument. Marie reste vierge dans le mariage, et le Christ est célibataire. Paul Veyne l'a raconté, la condamnation de la sexualité a été inaugurée par les Romains qui avaient instauré une sorte de puritanisme de la virilité, limité la vie sexuelle au mariage et condamné l'avortement. Le christianisme généralise cette morale et y ajoute un motif nouveau : l'exigence de pureté, justifiée par l'approche de la fin du monde. Saint Paul l'énonce : « Je vous le dis, frères, le temps se fait court. Que désormais ceux qui ont femme vivent comme s'ils n'en avaient plus. » Et certains extrémistes de la pureté vont jusqu'à se châtrer ! C'est la grande nouveauté : la chair est un péché ! Plus encore : le péché originel est acte de chair.

– *L'humanité a été engendrée dans la faute qui caractérise tout accouplement.*

– Oui. Cette idée, que l'on ne trouve pas dans l'Évangile de Jean (la chair est rachetée par Jésus puisque « le verbe s'est fait chair »), a été promue par saint Paul, qui est très antiféministe (« Dieu a condamné le péché dans la chair, car le désir de chair, c'est la mort »), et popularisée par les pères de l'Église.

– *Et elle va peser lourdement sur les mœurs pendant des siècles et des siècles.*

– Oui. Le modèle monastique va en effet fortement influencer la mentalité occidentale. Pour moi, c'est l'aspect le plus négatif du christianisme. Cette doctrine va justifier la répression d'un grand nombre de pratiques sexuelles. La sexualité devient alors luxure, concupiscence, fornication, ce que condamne le sixième commandement (« tu ne forniqueras point »). Le haut Moyen Âge avait repris les interdits de l'Ancien Testament (inceste, nudité, homosexualité, sodomie, coït pendant les règles), L'Ecclésiaste est déjà antiféministe (« C'est par la femme que le péché a commencé et c'est par elle que tous nous mourrons »). Désormais, le corps est assimilé à un lieu de débauche. Il perd sa dignité.

Le plaisir, toujours coupable

– La sexualité devient même responsable de tous les maux.

– Oui. On en profite pour mépriser davantage les paysans, ces vilains, ces illettrés, ces animaux qui ne savent pas maîtriser leur désir mauvais et se livrent au dévergondage (ce qui justifie le servage : après tout, s'ils sont esclaves de la chair, ils méritent d'être esclaves des seigneurs). On pense aussi que des maladies comme la lèpre et la peste sont dues à une sexualité coupable (la fornication était censée ressortir à la surface du corps). L'évêque Césaire d'Arles le proclame dans un sermon : « Tous ceux qui sont lépreux naissent d'ordinaire non pas des hommes savants qui conservent leur chasteté dans les jours ordinaires et les festivités, mais surtout des rustres qui ne savent pas se contenir. » Et cette condamnation vaut aussi et surtout pour les couples mariés.

– Même dans le mariage!

– Oui. Le mariage est la plus grande victime de cette morale antisexualité. On le considère comme un moindre mal, mais il est lui aussi marqué par le péché, la concupiscence qui accompagne l'acte sexuel. Dans la première moitié du XIIe siècle, le théologien Hugues de Saint-Victor dit encore ceci: «L'accouplement de parents ne se faisant pas sans désir charnel, la conception des enfants ne se fait pas sans péché.» On rédige des listes d'interdits, où la condamnation de la chair est omniprésente, et auxquels les couples mariés doivent soumettre leurs pratiques sexuelles. Certes, il est probable qu'ils ne les suivaient pas à la lettre. Mais la sexualité reste malgré tout coupable, et le plaisir, blâmable.

– La sexualité, ou plutôt la chasteté, s'impose donc comme le critère «moral» majeur.

– Quelle meilleure barrière instituer entre clercs et laïcs que celle de la sexualité? Désormais, on sépare les purs des impurs: les clercs ne doivent répandre aucun liquide impur, ni sperme ni sang. Les laïcs doivent s'efforcer de les canaliser. Ainsi l'Église, inspirée par l'esprit monacal, devient une société de célibataires et elle enferme les laïcs dans son modèle, celui de l'évangile, du mariage monogamique, indissoluble et pourtant entaché de péché. Un tel contrôle de la vie sexuelle des couples mariés pèse gravement sur la vie quotidienne des hommes et des femmes de ce temps-là, et provoque des conséquences multiples sur la démographie, sur les mentalités, sur les relations entre les sexes.

L'érotisme du cantique

– Aucune résistance ne s'élève contre tant de contraintes ?

– Il y a quelques sursauts. Au XIIIe, Thomas D'Aquin ose affirmer qu'entre époux, dans certaines limites, le plaisir dans l'acte sexuel conjugal est licite, ce qui laisse supposer qu'il y avait une énorme poussée des laïcs à ce sujet. Il sera le premier à le dire, et le dernier pendant longtemps. Comment la société médiévale s'est-elle défendue contre ce carcan moral ? Elle a réagi par le rire, la comédie, la dérision… Au XIVe, Boccace, que l'Église ne peut empêcher d'écrire, apparaît comme un véritable antidote à toutes ces contraintes. Le rire, c'est la soupape, un moyen de faire baisser la pression sous le couvercle de l'Église.

– Dans la Bible, il y a aussi le fameux Cantique des Cantiques, qui fait l'éloge de l'amour et de la passion.

– Il loue en effet l'amour conjugal, la fièvre amoureuse et même l'érotisme ! Par sa beauté littéraire, les sentiments qu'il exalte, il subjugue : au XIIe siècle, c'est d'ailleurs le livre de l'Ancien Testament qui a le plus de succès (au XIe, c'était l'Apocalypse), ce qui dénote une certaine transformation de l'état d'esprit, en relation avec le développement de l'idéal courtois. Bien sûr, cela inquiète l'Église. Alors, pour mettre fin aux propos jugés dangereux et blasphématoires de ce beau texte, des théologiens orthodoxes vont trouver une parade en lui donnant une interprétation allégorique : la « bien-aimée » dont il est question dans le Cantique des Cantiques, prétendent-ils, c'est… l'Église ! L'amour doit uniquement aller vers Dieu.

– Le mot « amour » est même utilisé, à ce moment-là, au sens péjoratif. La passion est vue comme destructrice, nocive…

– Oui. C'est l'une des différences considérables entre l'amour au Moyen Âge et l'amour aujourd'hui. En ce temps-là, on faisait la distinction entre *amor*, qui indiquait la passion sauvage, violente, condamnable, et *caritas*, le bon, le bel amour, terme proprement chrétien qui s'est diffusé dans le vocabulaire du Moyen Âge et signifiait le soin accordé au prochain, au pauvre, au malade (il sera par la suite terriblement dévalué, et prendra le sens de charité, d'aumône).

Le sexe au purgatoire

– La condamnation de la chair et de la passion, disiez-vous, c'est aussi celle du corps. À partir de ce moment-là, celui-ci va devenir objet de répulsion.

– Oui, mais c'est encore un chapitre contradictoire. Dans la société médiévale, la tension entre la glorification du corps et son humiliation est extrême. D'une part, le pape Grégoire le Grand déclare : « Le corps est l'abominable vêtement de l'âme. » D'autre part, les corps doivent ressusciter à la fin des temps, Adam et Ève sont souvent représentés nus. Pendant le Moyen Âge, le corps oscille donc entre la déchéance et la gloire. Un certain nombre de clercs et de théologiens ont senti cette contradiction et y ont fait des allusions dans des sermons. Elle subsiste d'ailleurs encore dans le rituel de nos funérailles : le défilé des fidèles va encenser le corps que l'on va ensuite mettre sous terre où il est la proie des vers avant de ressusciter. Mais à partir du Moyen Âge, la représentation de la femme nue, dont les serpents mordent les seins et le sexe, va commencer à hanter l'imaginaire sexuel de l'Occident.

– Vers le XII*e siècle, il y a une autre nouveauté : l'invention du purgatoire. Est-ce une occasion pour la sexualité de se racheter ?*

– L'irruption du purgatoire dans les croyances chrétiennes au Moyen Âge est aussi importante que l'abolition de la peine de mort dans le monde actuel. Il est fait pour sauver de l'enfer (auquel on croyait vraiment). Il permet aux vivants d'intercéder en faveur des pécheurs. Le purgatoire, c'est l'espoir. Parmi les rescapés que le purgatoire peut sauver, il y a les usuriers et en effet… les fornicateurs. On connaît l'anecdote de cette moniale qui avait fait l'amour avec un moine, et avait eu un enfant. Elle apparaît à sa famille quelque temps après sa mort et se plaint : « Pourquoi ne priez-vous pas pour moi pour me sortir du purgatoire, pourquoi ne faites-vous pas dire des messes ? » La famille répond, stupéfaite : « Jamais nous n'aurions pensé que tu puisses être ailleurs qu'en enfer ! » Le purgatoire sauve, entre autres choses, la sexualité. Mais pas les pratiques illicites, toujours condamnées par l'enfer. Ainsi l'homosexualité, qui avait bénéficié au moins jusqu'au XIIe siècle d'une certaine indulgence de l'Église (au point même qu'une forme de culture gay se serait développée en son sein), devient quasi hérétique.

– *Vous semblez partagé en analysant ces amours médiévales. S'il y a quelques nouvelles libertés, le couvercle de la morale est plutôt pesant.*

– Je suis en effet partagé. Mais en histoire, il nous faut admettre que des choses contradictoires peuvent cohabiter. L'amour au Moyen Âge a produit des libertés et des oppressions. Et la sexualité n'est pas un des domaines les plus tolérants ni les plus éclairés du Moyen Âge. Quand on réfléchit comme moi dans la longue durée, on a tendance à privilégier le caractère libérateur. Par exemple, le modèle littéraire de l'amour courtois se retrouve encore de nos jours dans la galanterie qu'il est d'usage d'exercer à l'égard des femmes. En tout cas, cette morale chrétienne d'origine monastique, qui réprime la sexualité, va perdurer pendant de longs siècles et peser lourd sur nos mentalités. En ce sens, nous sommes tous nés du Moyen Âge. Pour le pire comme pour le meilleur.

ACTE II

Le sentiment, aussi

SCÈNE I

L'ANCIEN RÉGIME

L'ordre sexuel règne

Vous avez dit « Renaissance » ? Ce ne fut certes pas celle de l'amour. Ni celle de plaisir. De 1500 à 1789, l'Église et l'État collaborent pour imposer un ordre moral sans égal, tout en laissant les Don Juan, Casanova et autres marquis peu divins en profiter en coulisses. On juge la sexualité abjecte, sale, comme un flirt avec le diable. On s'habille jusqu'au col pour se mettre au lit, on se languit et on pleure... Roméo et Juliette meurent de leur passion impossible, et Bérénice se sacrifie au nom d'intérêts supérieurs (« Dans un mois, dans un an, comment souffrirons-nous, seigneur, que tant de mers me séparent de vous »). Pourtant, dans les campagnes, s'esquisse entre les hommes et les femmes une promesse de changement, comme une autre et discrète renaissance...

Le monopole de la chair fraîche

– **Dominique Simonnet :** *L'amour et la sexualité, réprimés par la nouvelle morale chrétienne, sortent plutôt mal en point du long Moyen Âge décrit par Jacques Le Goff. On aimerait penser que les trois siècles dits « modernes », de la Renaissance à la Révolution, où brillent Shakespeare, Rembrandt, Molière, Racine, soient un peu plus tendres, plus sensuels…*

– **Jacques Solé :** Il faut se méfier de la mythologie libérale de la Renaissance, très excessive. La société de l'Ancien Régime a, elle aussi, essayé de trouver un compromis entre la nécessité sociale de la reproduction, et le contrôle du plaisir et du sentiment. Sur certains aspects, le XVIe siècle reste encore médiéval : durant cette période règne toujours le mariage chrétien du Moyen Âge, basé sur le consentement mutuel des conjoints. Mais il va se produire un mouvement contradictoire : d'une part, la Réforme et la Contre-Réforme, aidées en cela par l'État absolutiste, vont tout mettre en œuvre pour réprimer l'amour et la sexualité ; d'autre part, de manière spontanée, les individus vont engager une lente transformation pour développer une nouvelle liberté sentimentale.

– *La sexualité serait donc toujours réprimée, mais le sentiment commencerait à être valorisé ?*

– Comme toujours, il faut faire la distinction entre la morale affichée et la manière dont on la suit. Si l'on en croit les textes de l'époque, le mariage n'est pas le lieu de la passion ni du plaisir. Dans la réalité, l'amour se vit de manière fondamentalement différente selon que l'on appartient à la classe populaire, essentiellement paysanne, ou à la classe aristocratique. À la fin du Moyen Âge, les comportements étaient proches. Cette fois, un fossé se creuse : pour les sentiments et la sexualité, il y a véritablement deux mondes.

– *En quoi ces deux mondes se distinguent-ils ?*

– Chez les riches, les filles continuent de se marier jeunes, comme Juliette épousée à moins de 15 ans par son Roméo. Il arrive ainsi qu'une femme ait dans sa vie jusqu'à vingt naissances. L'aristocratie européenne conservera longtemps ce monopole de la consommation de chair fraîche, au profit des hommes bien sûr. Dans la France du XVIe siècle, Montaigne trouvait qu'il était sage, pour un homme, de ne pas se marier avant 30 ans. Et puis, chez les nobles, le mariage coûte fort cher. Il n'est pas question de choisir librement sa fiancée.

– *Et pas question d'amour dans cette affaire.*

– La jeune fille est comme une pièce de bétail, vendue sur le marché conjugal. L'amour est exclu de la transaction. Au milieu du XVIIe siècle, on établit même une « table des mariages » qui fixe le parti à épouser : selon le montant de la dot, on a droit à un marchand, un commis, ou un marquis… En 1730, Silvia, le personnage de Marivaux dans *Le Jeu de l'amour et du hasard*, protestera encore contre ces mariages de convenance qui méprisent les sentiments, mais sa revendication n'aura aucun écho dans la bonne société.

– *On imagine quand même que certaines unions échappent à ce cynisme. Il y a bien quelques jeunes époux qui sont amoureux ?*

– Bien sûr ! N'oublions pas qu'à cette époque on meurt jeune : à Manchester, dans l'Angleterre du XVIIe siècle par exemple, plus de la moitié des jeunes mariés n'avaient plus de père. Un jeune marié n'a donc souvent plus de parents et dispose de ce fait d'une certaine liberté. Mais le phénomène majeur de cette période est ailleurs, dans les classes populaires : à partir de 1550, un peu partout en Europe occidentale, le mariage devient, chez les paysans, de plus en plus tardif. Dans le diocèse de Canterbury au début du XVIIe siècle, on se marie en moyenne vers 26 ans pour les hommes et 24 ans pour les femmes. Donc, contrairement à ce que l'on a longtemps cru, à un âge proche de celui du mariage d'aujourd'hui !

Un nouveau lien conjugal

– *Pourquoi les gens du peuple se marient-ils aussi tardivement ?*

– Le mariage d'autrefois, a-t-on dit, était justifié par l'intérêt. Certes, mais à condition qu'il y ait des… intérêts ! Chez les pauvres, on possède peu de biens. Pour se marier, on attend donc d'avoir un petit lopin de terre, une qualification professionnelle. Souvent la femme cherche à amasser un petit pécule, elle va se louer à la ville comme servante et économise sou après sou, parfois pendant dix années avant de se lier. Le couple paysan acquiert ainsi une autonomie économique.

– *Cela change-t-il les rapports qu'ils nouent l'un avec l'autre ?*

– Oui, c'est une conséquence majeure : le rôle de la femme est valorisé, les conjoints sont plus mûrs, ils se rencontrent dans un esprit d'équilibre, d'égalité, et l'affectivité joue désormais un rôle dans la formation du lien conjugal. Les pauvres songeaient davantage à l'amour et à l'attrait physique. C'est l'un des grands changements de ce temps : les paysans inaugurent le mariage d'amour ! Dans ce domaine, les gens du peuple furent les précurseurs. Les classes supérieures les suivront lentement dans ce progrès de l'affectivité.

– Ce bouleversement s'opère malgré les réticences de l'Église à cet égard.

– Il s'agit d'un amour emprisonné, c'est vrai, ce que durcissent encore les réformes. Les maîtres à penser du moment, les théologiens, les médecins, les juristes, tiennent tous en effet le même discours : le mariage a pour seul but la procréation qui doit apporter de nouveaux éléments à la société. Mais les individus ne suivent pas à la lettre la ligne officielle, et ils expriment une aspiration très forte à vivre leurs amours.

– D'où des conflits de plus en plus fréquents entre les générations…

– Oui. On voit là une contradiction majeure entre l'individu et la société, dont le théâtre de Molière est le témoin : son grand thème, c'est la relation difficile entre les parents et les enfants qui veulent avoir le droit de se marier librement. Les archives de la juridiction de Troyes au XVIe siècle que j'ai étudiées sont remplies d'anecdotes de ce genre, qui ressemblent tout à fait à celles des comédies de Molière et de Marivaux. Il y a une immense aspiration à vivre ses amours dans le cadre de l'institution conjugale.

Interdiction de dormir nu

– Mais là encore, il est seulement question de sentiment. Toujours pas de plaisir !

– Absolument. Si l'Église fait une concession sur le mariage d'amour, elle n'en fait certainement pas pour le plaisir charnel. Qu'il soit hors mariage ou dans le mariage, ce dernier est sévèrement condamné. L'ordre sexuel règne plus que jamais ! Il est même probable que l'on ait mieux vécu le plaisir charnel à la fin du Moyen Âge qu'au XVIIe siècle.

– Vous voulez dire que la répression est allée en s'aggravant ?

– À cette époque, les chantres des Églises chrétiennes sont véritablement obsédés par la répression de la sexualité (et on sait, depuis Michel Foucault, que plus on est répressif envers la sexualité, plus on indique qu'en réalité on lui accorde de l'importance). Le mariage tardif, c'est aussi le triomphe de l'ascétisme ! Comme l'a raconté Jacques Le Goff, l'Église du Moyen Âge a assimilé la sexualité au péché originel. Certes, le christianisme a passé un compromis avec la société et accepté la procréation dans le cadre conjugal. Mais c'est un pis-aller. La virginité, considérée comme supérieure au mariage, est exaltée, et une conduite chaste est prônée. Les réformes chrétiennes serrent encore la vis.

– De quelle manière ?

– Elles veulent opérer un retour aux sources, à la pureté des premiers temps chrétiens. Il s'agit cette fois d'exercer un contrôle social absolu. Pas de relations sexuelles avant le mariage, pas de violations du mariage ! Les époux ne doivent pas s'aimer comme des amants ! Interdiction de dormir nu (c'est le règne inédit de la chemise de nuit) ! On reprend les principes noirs et tristes de Saint Augustin. L'ascétisme devient la valeur suprême. Pour les Églises chrétiennes, les relations sexuelles qui n'ont pas pour but immédiat la procréation s'apparentent à la prostitution. Partout en Europe, les autorités religieuses réussissent à transformer le sexe en acte abject et le moindre apprêt féminin en tentation diabolique. C'est un ordre moral terrible qui pèse sur la sexualité. L'Occident des réformes a véritablement voulu enfermer le sexe.

Décapités pour un baiser

– *Mais cette répression sexuelle qui se développe, se généralise, elle n'est pas seulement le fruit de la morale religieuse. L'État, lui aussi, donne un tour de vis.*

– Tout à fait. L'État bureaucratique qu'invente l'Ancien Régime occidental veut imposer une discipline sexuelle comme il impose une fiscalité. Il agit comme le bras séculier de la morale religieuse. Au XVIe siècle, en Italie, on punit l'adultère de prison, ce qu'on ne faisait pas au Moyen Âge. On fouette les femmes coupables que l'on met à nu jusqu'à la ceinture, ou on les tond, on condamne à mort le détournement de mineurs ; et quiconque donne un baiser à une femme mariée ou à une veuve est passible d'un châtiment corporel qui peut aller, dans la cité de Fermo en 1589, jusqu'à la décapitation. À Naples, au début du XVIIe, on condamne à mort ceux qui embrassent publiquement une femme mariée. En France, en 1556, un édit de Henri II exige que toutes les filles enceintes fassent une déclaration publique de grossesse… Dans l'Angleterre de Cromwell, on condamnera encore à mort les femmes adultères (pas les hommes bien sûr). Les registres du Consistoire de Genève sous Calvin montre que l'on est, là aussi, très sévère pour les délits sexuels.

– *On ne rigole pas tous les jours à la Renaissance ! C'était en fait bien pire qu'aux siècles précédents !*

– Mais oui ! C'est une vaste entreprise de moralisation, une croisade terroriste, qui touche toute l'Europe. Prenez les prostituées par exemple. Les souverains des siècles précédents se contentaient de les expulser hors des villes ou de contrôler leurs activités. Tout change à la Renaissance : la prostitution passe du régime du ghetto à celui de l'interdit. Dans le Londres du XVIe siècle, on punit les prostituées de coups de fouet ; les entremetteuses sont promenées dans des charrettes à travers la ville et vouées aux travaux forcés. Au XVIIe, on dresse des listes noires pour désigner les femmes débauchées. Près de 10 000 femmes seront déportées en Amérique pour « conduite irrégulière » au XVIIIe siècle… En France, on les enferme dans des prisons et dans des hôpitaux comme la Salpêtrière, antichambre de la déportation aux Amériques. Sous Louis XIV, toute fille surprise avec des soldats aux environs de Versailles a le nez et les oreilles coupés… Dans l'Espagne de Goya, les mères célibataires sont l'objet de poursuites judiciaires. À Vienne, sous l'impératrice Marie-Thérèse terriblement bigote, des commissaires de chasteté espionnent les jolies filles et traquent tout manquement à la morale officielle…

– *Quant à l'homosexualité…*

– Là encore, alors que l'État médiéval ne la poursuivait pas, laissant ce soin à l'Église, le pouvoir des Temps modernes la condamne. Dans l'Angleterre protestante, Henri VIII édicte la mort par pendaison pour les coupables d'homosexualité, considérée comme un crime de haute trahison… Oui, d'une manière générale, en matière de sexualité, la Renaissance fut bien moins éclairée et plus inhumaine que le Moyen Âge. Et la répression ira ainsi croissant jusqu'à la Révolution. La morale finira par être intériorisée dans les esprits, même chez ceux que l'enseignement de l'Église n'atteint pas directement. Il faudra attendre le milieu du XXe siècle pour que les mentalités commencent à changer.

Caresses dans les foins

– *On imagine, on espère, que, dans leur intimité, les jeunes amoureux n'intériorisent pas tous cette morale redoutable et qu'ils cherchent à la contourner… Loin des prédicateurs et des délateurs, ils ont quand même bien quelques expériences avant le mariage, non ?*

– Là encore, cela dépend des classes sociales, et cela varie selon les régions. En Normandie, les jeunes gens se promettent l'un à l'autre, mais ils restent patients et attendent parfois très longtemps le grand jour. Mais toutes les régions européennes ne suivent pas cet angélisme normand. Dans les Pyrénées ou en Champagne par exemple, il règne en revanche une grande liberté sexuelle. Dans les campagnes de la Renaissance, hommes et femmes dorment dans le même lit, se baignent nus ensemble. On se touche, on badine dans les prés et les étables, on se découvre dans les veillées… Partout, on vit des expériences préconjugales en se contrôlant. La mariée était parfois une fille enceinte que le groupe de jeunes conduit à l'autel. Certains cohabitent même avant le mariage. Chez les contemporains de Jeanne d'Arc, on se mariait parfois en secret chez un cabaretier qui tenait lieu de prêtre.

– Ce n'était donc pas vraiment l'abstinence.

– Pas vraiment… Mais le mariage restait central dans cette affaire. On se caresse avant de s'épouser. Ou l'on s'épouse parce que l'on s'est caressé. Les deux sont liés. D'ailleurs, pour séduire les filles, surtout les naïves servantes, proies féminines par excellence dans la société de l'Ancien Régime, il n'est pas rare que les garçons leur fassent une promesse de mariage. Mais la femme n'est pas toujours une victime. Coucher avec le maître, c'est aussi pour les domestiques un moyen de se marier avec lui. On a par exemple, au début du XVIe siècle, le témoignage d'une servante nommé Perrette Colinet, qui a épousé son patron après avoir couché avec son fils.

– Tout cela donne des couples heureux ?

– Pas toujours… Les mésententes, les brutalités sont fréquentes. Les prêtres, qui se méfient des revendications de liberté des femmes, excusent les colères du mari. Dans les campagnes de 1500, par exemple, nombre de viols collectifs se produisent. Mais chez les paysans, il y a aussi des mariages heureux, et plus de libertés dans la négociation ainsi que dans la violation du mariage que chez les bourgeois et les aristocrates. Il est simplement difficile d'en trouver la trace. Comme le disait l'un de mes anciens maîtres : « Le problème de l'historien, c'est que l'on garde les livres de comptes et que l'on brûle les lettres d'amour. »

La vierge et la brute

– *Et pendant ce temps, chez les nobles...*

– C'est très différent. Garçons et filles sont séparés à partir de 7 ans. Les garçons entrent dans un univers masculin où l'on sacrifie à des rites initiatiques virils, militaires, ou alors ils reçoivent une formation cléricale ; les filles restent avec leur maman. Elles ne sont présentées à leur futur mari que le jour des fiançailles. Quelques visites de convenance, des entretiens compassés, c'est tout. Ce sont deux étrangers qui se lient : un jeune homme orgueilleux et brutal, une vierge confite dans son innocence.

– *On n'ose pas les imaginer dans un lit.*

– Les cas d'incompatibilité dans les couples sont évidemment très nombreux, et les rapports conjugaux violents. L'homme trouve sa jouissance au plus vite, sans se soucier de son épouse. Souvent, celle-ci se trouve associée à un maniaque ou à un jaloux qui la terrorise. Alors, pour se venger d'un mari qui la maltraite ou l'ignore, elle se lance dans l'adultère. Mme de Maintenon dira vers 1700 : « Au lieu de rendre heureux les humains, le mariage rend malheureux plus de deux tiers des gens. » Les seigneurs sont sans doute plus barbares que leurs paysans.

– Pour fuir ces misères de la vie conjugale, les nobles vont donc voir ailleurs…

– Oui. Comme les mésententes et les frustrations sont grandes, une forme de liberté sexuelle clandestine se développe. Le plaisir, exclu du mariage, même harmonieux, se retrouve parqué dans la prostitution et l'adultère. En pratique, les hommes se débrouillent, en professant une double morale, l'une pour l'extérieur, l'une pour le foyer. Prenez Montaigne et son admirable chapitre des *Essais* sur les vers de Virgile, compendium de ce qu'un homme libre pense de l'amour et de la sexualité : il plaide à la fois pour la modération sexuelle dans le mariage, où l'on ne recherche pas le plaisir, et pour une éthique des relations adultères, dans lesquelles il faut être correct avec sa partenaire (le nombre de ses partenaires féminines est impressionnant), ce dont il est très fier.

D'un amant à l'autre

– Et les femmes ? Elles ne peuvent pas conclure aussi facilement de tels arrangements avec la morale ou avec leur conscience…

– Pour les femmes, c'est une autre histoire… Il y a celles qui se résignent, et les autres. Les femmes de la haute société n'obéissent pas aux normes imposées à tous. Dans la réalité, rares sont les nobles épouses qui, ne s'entendant pas avec leur mari, lui restent fidèles et se contentent d'une vie de dévote. On connaît les fameuses *Historiettes* de Tallemant des Réaux qui a noté, entre 1620 et 1650, tout ce qui, dans l'élite française, sortait de l'ordinaire : certaines femmes avaient des aventures assez étonnantes… Elles trompaient leur mari. Ouvertement, et à répétition !

– *Ouvertement ?*

– Bien sûr ! Une partie de la classe dirigeante a toujours échappé à l'ordre sexuel. Dès le règne d'Henri III, des pamphlets évoquent les mœurs dissolues de l'élite, chez les deux sexes. Au temps d'Henri IV, les jolies femmes de la noblesse reviennent du sermon au bras de leur amant en se riant des prédicateurs qui affichent leur dégoût de la chair, fustigent la nudité et condamnent le port du décolleté mondain, symbole du mal et du péché. C'était un royaume très chrétien, placé sous le signe du cocuage !

– *Le dévergondage allié à la dévotion.*

– Exactement. À ce moment-là, sous Henri IV, l'aristocratie européenne semble saisie de vertige : la débauche règne à la cour, on a soif de luxure, les ballets royaux célèbrent les ardeurs du coït… Les jeunes cavaliers de la Fronde rivalisent pour infliger aux galantes un peu sottes les pires traitements. Le viol compte parmi leurs titres de gloire. Dans certaines familles, c'est le désordre sexuel. On sait que la femme du duc de Rohan, fille de Sully, se livrait à des orgies avec ses amants et ses amies… La jeune noblesse, d'épée ou de robe, a donc des mœurs très libres, et les coquettes de la cour se laissent aller en compagnie de freluquets dans leurs carrosses, passant parfois d'un amant à l'autre en un quart d'heure… Tel est le tableau d'une certaine aristocratie, dépeinte par Tallemant, qui se livre à la sexualité la plus franche et la plus grossière. Quelque temps plus tard, la France de Louis XIII et de Mazarin est toujours une des terres bénies de l'adultère. Elle bruisse de liaisons interdites. Puis, Louis XIV impose des règles contraignantes à la cour. Mais pendant la Régence, on donne des fêtes de la luxure et du vin où les participants se déshabillent, s'accouplent, et où les femmes, totalement ivres, sont ensuite livrées aux laquais. Cela ne durera pas et sera balayé ensuite par le nouveau régime.

– Malgré tout, la grande majorité des femmes sont enfermées dans le mariage à vie.

– Certes, mais la vie, à ce moment-là, ne dure pas longtemps. Souvent, la mort fait office de divorce. Il n'est pas rare d'avoir, dans une vie, quatre maris ou épouses. Dans cette société misogyne et inégalitaire, le veuvage place la femme dans une situation exceptionnelle. Si elle a des biens, elle peut se remarier. Ou elle évite de le faire. Mme de Sévigné, trompée à 25 ans par un mari qui meurt en duel pour une maîtresse, ne se remariera jamais. Le veuvage, c'est la liberté !

Orgies sataniques

– La sexualité, si réprimée, est pourtant présente dans la littérature, dans les peintures de nus de l'époque. On songe à ces tableaux délirants et pervers comme Le Jardin des délices ou La Charrette de foin du peintre néerlandais Jérôme Bosch, qui montrent des dizaines de corps nus suppliciés en enfer.

– Avec ses nus, Bosch ne veut pas magnifier l'acte sexuel mais au contraire le condamner. Il voit dans la sexualité les racines du mal absolu. La chair est le péril suprême, et les êtres humains qui s'adonnent à la luxure sont voués aux pires tourments de l'enfer. Il reflète en fait parfaitement les sermons de l'époque qui déplorent tous les horreurs de la luxure, en attribuant d'ailleurs la responsabilité à la femme, cet agent de Satan. N'oublions pas qu'en ce temps-là on ordonnait aux petites élèves de Port-Royal de s'habiller au plus vite pour ne pas consacrer trop de temps « à la décoration de leur corps destiné à servir de pâture aux vers ».

– À cette époque, il y a pourtant des rapports très équivoques entre la sexualité et la religion.

– Un folklore érotique se noue autour de l'amour diabolique : c'est la mythologie du sabbat, des orgies sataniques, des affaires de possession comme à Loudun (en Europe, autour de 1600, des milliers de procédures témoignent de rapports sexuels avec le diable qui possède les femmes à la chair faible). Les peintres peignent le martyre et la pénitence avec une grande complaisance de détails : femmes nues attachées, pendues, suppliciées, flagellées, les seins coupés... Les histoires obscènes de l'Ancien Testament deviennent, pour les artistes, des prétextes pour exposer une sexualité crue, perverse, souvent sadique. Ce qui montre combien l'art exprime alors le lien entre la dévotion et le refoulement érotique.

– L'un étant le revers de l'autre... Et toutes ces femmes nues peintes par Botticelli, Titien, Tintoret, plus paisibles quand même, ne montrent que des fantasmes, des scènes que l'on aimerait vivre mais que l'on ne vit pas.

– Exactement. C'est une forme de compensation. Moins la nudité était présente dans les rapports humains, plus l'art l'a exhibée. Contrairement à ce que l'on prétend, il n'y a pas de redécouverte du corps humain à la Renaissance, si ce n'est dans l'esthétique et pour une infime élite. S'imaginer que la société de l'Ancien Régime était à l'image de ses tableaux et de ses poésies serait une lourde erreur. Pour moi, la culture est avant tout une illusion, comme le pensait Freud de la religion ! Une illusion qui donne Shakespeare et Montaigne, ce qui n'est pas rien ! La culture est souvent l'expression d'un désir refoulé, sublimé, et il faut la distinguer de la réalité sociale. Mais les deux interagissent. Bientôt, les amoureux voudront vivre leur passion à la manière des personnages de Racine et de Shakespeare.

– Ce fut quand même une époque curieuse et paradoxale…

– L'âge moderne fut une époque cynique, réaliste, peu idéaliste, mais pour laquelle j'ai une certaine faiblesse, car elle possédait une richesse humaine, que symbolise parfaitement l'auteur des *Essais*. En pleine période de répression, Montaigne tente de penser cette sexualité si importante et dont personne n'ose parler, il recherche des relations entre hommes et femmes plus civilisées, qui obéissent non pas aux normes et à l'ordre mais au goût réciproque, dans la bonne conduite et le respect. Tout cela me paraît très moderne, en effet.

Ne regardez pas dans nos lits !

– Est-ce en réaction à ce climat de rigueur que va se développer le libertinage du XVIIIe siècle ?

– Dès le XVIe siècle, il y avait eu, nous l'avons dit, une réaction libertine de l'élite contre les réformes rigoristes. Si l'Église et l'État parviennent à contrôler le peuple, l'aristocratie garde une grande autonomie. Qu'on ne vienne pas trop regarder dans les lits ! Les bals, les fêtes sont une incitation à l'adultère, modèle propagé par le roi lui-même. La liberté sexuelle, vécue en coulisses, est considérée comme un privilège aristocratique. Casanova, qui n'est pas un personnage imaginaire, montre bien combien les conduites étaient libres. On passe ainsi lentement d'un libertinage caché à un libertinage revendiqué. Don Juan en sera la théorisation, Sade en représentant le délire maximaliste et effrayant. Le libertinage est fondamentalement une apologie du plaisir individuel, avec ce qu'il comporte d'asocial. Au XVIIIe siècle, il devient une mode.

– *Que la Révolution va abolir.*

– Oui. À partir de la Révolution, l'Église enseignera aux jeunes nobles que les péchés de leurs pères libertins ont provoqué la catastrophe. Ainsi la future marquise de la Rochejacquelin, l'héroïne de la Vendée, et son premier mari, Lescure, font un mariage d'amour, mais ils le vivent dans la piété absolue au service de l'Église. À la Restauration, la nouvelle génération sera très dévote, rigoriste et antilibertine. Se noue alors une contradiction qu'illustre bien Rousseau : l'éloge de la toute-puissance de l'individu, en ce qu'il a de plus intime, et le sacrifice de cet individu à la dimension collective. Sous la Révolution, le citoyen va vaincre le libertin. Et l'Église appuiera cette tendance. On remet le couvercle sur la sexualité, et il va y rester un bout de temps.

SCÈNE II

LA RÉVOLUTION

La Terreur de la Vertu

L'amour était-il trop révolutionnaire pour la Révolution ? Après les trois longs siècles de l'âge classique où l'ordre sexuel a régné, le souffle de 1789 aurait pu libérer les corps autant que les esprits, abolir l'ancien régime conjugal qui, depuis le début de notre histoire, réprime la sexualité et les sentiments, et rêver d'un monde où hommes et femmes noueraient des relations plus tendres, plus équitables. Un temps, on y a cru... Puis ce furent la Terreur et la Vertu, armes secrètes des oppresseurs. Voilà comment la Révolution, par essence ennemie de la vie privée, s'est retournée contre les femmes et pourquoi la république de l'amour n'a pas pu voir le jour.

La tête ailleurs

*– **Dominique Simonnet:** Les relations entre les hommes et les femmes auraient pu bénéficier du bouillonnement des idées, de l'esprit de liberté et d'égalité de 1789. Pourtant, il semble bien que l'amour et la Révolution n'aient pas fait bon ménage, n'est-ce pas ?*

– **Mona Ozouf:** Alain le disait à propos de la Russie, toute révolution est un envahissement de l'existence par la vie publique, et donc un rétrécissement de la vie privée. Le commerce galant des sexes, le flirt, le goût de la conversation, la mixité dans les salons, tout ce qui faisait le charme de l'Ancien Régime et favorisait l'éclosion du sentiment amoureux a été combattu par les révolutionnaires. Pour eux, ces mœurs évoquaient les intrigues, les dépravations, et les manipulations occultes des femmes. Olympe de Gouges, qui plaida pourtant pour les droits de la femme, a cette formule extraordinaire: «Il faut rompre avec l'administration nocturne des femmes.» Autrement dit, avec le pouvoir du lit. La Révolution a tué les échanges. La civilité des manières et de l'esprit a été remplacée par une forme d'idéal héroïque, viril, reviviscence de l'idéologie spartiate ou romaine. En d'autres termes, les gens ne pensaient pas à l'amour. Ils avaient la tête ailleurs, aux affaires de la République. Du moins, officiellement.

– En privé, il en allait autrement ?

– Il est difficile de le savoir, car la poignée d'années révolutionnaires, forcément convulsives et chaotiques, se prête mal à une analyse historique dans la longue durée. D'autre part, il nous reste peu de traces de la vie privée des gens ordinaires : les hommes et les femmes peu éduqués n'avaient pas forcément de mots pour dire leurs sentiments, et pourtant ils en éprouvaient…

– Mais il y a les témoignages de certains écrivains, la littérature.

– Les mémoires des hommes et des femmes célèbres ne traitent guère de l'intimité. Il y a une jolie exception : celle de Mme Roland qui, en prison, dans l'attente de la guillotine, se penche sur sa vie, déblayée de toutes les futilités, et s'interroge enfin sur ses sentiments à l'égard de son mari. Que dit-elle de cet époux tutélaire, protecteur, savant, dont elle parlait jusque-là avec vénération ? « Ce vieillard philosophe m'impressionnait tellement qu'à mes yeux il n'avait pas de sexe ! » Et dans sa geôle, elle accède à une forme de sérénité, et continue de travailler, munie d'un dictionnaire d'anglais, en contemplant le portrait de Buzot qu'elle adore.

« Songerait-on à me marier ? »

– C'est beau.

– N'est-ce pas ? Mme Roland est une héroïne stendhalienne avant la lettre : comme Julien Sorel, elle trouve une forme de bonheur en prison, après avoir rompu les amarres avec la société et en cultivant le souvenir de l'être aimé. Elle oublie la vie politique, pour se réfugier ailleurs : dans l'amour, qui est une autre patrie…

– Avant que la Révolution n'éclate, on l'a vu avec Jacques Solé, le mariage d'amour a justement com-

mencé à faire son chemin, du moins dans les classes populaires... On suppose que cela va aller en se développant.

– La revendication pour le mariage d'amour court tout au long du XVIIIe siècle. Songez à Diderot, à la Nanine de Voltaire, ou à toutes les héroïnes de Marivaux... Dans les milieux populaires, où les intérêts comptaient moins et où les jeunes se fréquentaient, le sentiment commençait à prendre sa place dans le mariage. Mais pas dans les milieux éclairés des Lumières. Deux exemples le montrent. Dans *Les Liaisons dangereuses* de Choderlos de Laclos, la petite Cécile de Volanges revient chez elle au sortir du couvent et trouve une grande agitation : des ouvrières, des couturières... « Songerait-on à me marier ? » se demande-t-elle. Un carrosse s'arrête devant le château, et une servante vient la quérir à la demande de sa mère. La voilà tout affolée. Serait-ce le futur mari ? Cette oie blanche aborde le mariage dans une ignorance absolue de ce qui l'attend durant sa nuit de noces et même de l'identité de celui qu'elle trouvera dans son lit. Jusqu'à ce que Valmont la déniaise... Autre exemple, celui de Mme d'Épinay.

– *L'amie de Rousseau...*

– Cette femme-là se donne un mal de chien pour faire un mariage d'amour, refusant des hommes qui lui déplaisent. Elle connaît une lune de miel torride, qui choque son entourage... Et puis, l'affaire achevée, le mari revient au code aristocratique du mariage : estimant qu'il a fait ce qu'il devait faire, il prend des maîtresses. Elle tempête, pleure, se désespère. Jusqu'à ce que sa mère intervienne pour lui demander de...

présenter ses excuses au mari triplement adultère. Tel est l'amour aristocratique au temps des Lumières : on revendique une union avec du sentiment, mais on en reste au mariage de pur arrangement, et aux habitudes masculines de la noblesse. La Révolution ne va rien changer à cela. Ces mœurs parviendront telles quelles jusqu'au XIXe siècle. Quelqu'un, pourtant, va frapper les esprits : Jean-Jacques Rousseau.

Le dilemme de Julie

– *Rousseau, et sa Nouvelle Héloïse…*

– Oui. Tous les hommes de la Révolution l'ont lu, tous s'en réclament. Sur l'amour, Rousseau exprime une pensée plutôt complexe. Pour lui, l'homme et la femme n'ont pas la même vocation, et cette dissymétrie fait le bonheur de l'un et de l'autre. La femme a, ancrés en elle, un goût de plaire et une pudeur naturelle. C'est en vainquant cette pudeur que les amoureux trouvent tous deux la volupté : la pudeur est constitutive du plaisir… Plus important, Rousseau déculpabilise la sexualité féminine : Julie couche avec Saint-Preux, mais elle reste vertueuse. Fidèle à sa promesse initiale, elle n'oublie jamais ce premier amour, tout en construisant une vie rayonnante avec l'autre homme imposé par son père.

– *Certes, Julie n'est pas « coupable », mais elle se range quand même au désir de son père.*

– Elle désapprouve la décision de son père qui refuse ce roturier de Saint-Preux et fait même le projet de s'enfuir avec son amant. Finalement, elle y renonce, estimant qu'elle ne pourrait pas être heureuse dans le chagrin qu'elle infligerait alors à ses parents, et accepte le mari qu'on lui propose. Pour Rousseau, la passion n'est pas tout, elle ne peut annuler les autres liens naturels. Si les sentiments ne peuvent se concilier entre eux, eh bien tant pis : on se débrouille pour trouver quand même le bonheur avec les morceaux de ce qui reste. Si les femmes de la Révolution ont tellement aimé Rousseau, c'est parce qu'elles ont été confrontées à des dilemmes similaires : l'exemple de Julie leur montrait qu'il était quand même possible de s'épanouir et de réussir sa vie en acceptant les contraintes sociales et familiales, qu'il y avait une vie amicale possible avec un mari pour lequel on n'éprouvait pas ou plus de passion.

– Mais sans pour autant y être soumise comme autrefois.

– Pour Rousseau, il n'y a pas de devoir conjugal : une femme n'est pas tenue d'obéir au désir de son mari, idée incroyablement moderne qui va enthousiasmer les contemporaines de l'écrivain. Plus encore : le consentement mutuel est la base de tout engagement amoureux. La conséquence est évidente : si consentement il y a, il peut être repris. Le divorce devient légitime.

Non au despotisme des maris !

– Ce sera l'une des grandes lois adoptées par les révolutionnaires, en rupture totale avec le principe du mariage chrétien « indissoluble » qui régnait jusque-là.

– Oui. Grâce à Rousseau et aux philosophes du XVIIIe, une porte va s'ouvrir. On s'est opposé au despotisme des rois ? Eh bien on va résister à celui des pères et des maris ! La famille, proclame-t-on, doit être régie par les mêmes lois que la nation : liberté et égalité. On crée donc le mariage par contrat civil, « gloire cachée de la révolution », comme le dit le juriste Jean Carbonnier. Désormais, le mariage est laïc, il repose sur le libre consentement de deux volontés.

– *Unis devant la loi, et non plus devant Dieu… Ça, c'est une vraie révolution.*

– Changement fondamental, sur lequel d'ailleurs tout le XIXe siècle va revenir ! Quant au divorce, il est alors d'une incroyable libéralité. On peut divorcer par consentement mutuel (en moins de deux mois, il suffit pour cela de tenir une assemblée de famille), pour incompatibilité d'humeur (six mois), ou pour différents motifs reconnus : démence, condamnation pénale, abandon, absence, dérèglement des mœurs, émigration, sévices ou crimes… Et l'épouse y a droit autant que son mari. C'est la loi la plus libérale que l'on puisse imaginer, qui, pour la première fois, donne une chance d'inventer un couple égalitaire. « Le divorce est le père des égards mutuels et du mariage heureux », dira Chaumette, pourtant antiféministe notoire. Sur ce point au moins, la Révolution n'a pas été insensible à l'amour. Ni aux femmes.

– *Vont-elles saisir leur chance ?*

– Quantité de femmes se précipitent dans la brèche pour fuir un mari indésirable… Mais ce n'est pas si simple. Regardez Delphine, l'héroïne de Mme de Staël (qui, dans ses romans, met toujours en scène des femmes mariées à des minables) : veuve d'un fervent défenseur des idées révolutionnaires et éclairées, elle s'éprend d'un médiocre asservi aux préjugés, qui finit par épouser une dévote. Après mille rebondissements, Delphine entre au couvent, prononce ses vœux, l'amoureux est fusillé par l'armée révolutionnaire, et elle s'empoisonne. Ces deux êtres-là auraient pourtant pu se délier l'un et l'autre : le divorce est désormais légal, les vœux monastiques peuvent être résiliés. Ils auraient pu vivre ensemble, heureux. Mais ils ne le font pas.

– *Pourquoi ?*

– Parce que l'on exerce mille pressions sur eux, parce que l'opinion publique, elle, n'a pas changé. Cette législation révolutionnaire était très en avance sur les mœurs. Comme le dit Saint-Just, « le bonheur est une idée neuve en Europe ». Non seulement les deux amoureux sont malheureux, mais la liberté nouvelle les rend responsables de leur malheur. Ils s'interdisent eux-mêmes de profiter de cette « idée neuve ». Mme de Staël l'a bien compris, pourvoir les êtres d'autonomie produit un effet pervers : cela rend leur angoisse de vivre ou leur mal-être encore plus difficile à accepter. Si la Révolution change quelque chose à la vie privée, c'est que désormais chacun en est comptable. Auparavant, si on la ratait, on pouvait se dire « c'est la faute de mon père ou de mon mari ». Désormais, elle devient un enjeu personnel… Mais tout cela ne durera pas : Thermidor portera un premier coup à la loi sur le divorce en supprimant l'incompatibilité d'humeur et le consentement mutuel et, plus tard, le code civil redonnera la supériorité au mari.

L'amour, c'est l'ennemi !

– La porte entrouverte sur la liberté d'aimer va vite se refermer. En 1793, Robespierre lance la Terreur et la Vertu. Petit à petit, la Révolution réglemente la vie intime…

– Toute révolution tente de se prémunir contre les déviances et de codifier les relations humaines. Saint-Just s'y essaie dans les *Fragments des institutions républicaines* : tout homme et femme mariés depuis sept ans qui n'ont pas d'enfants doivent se séparer. Il faut déclarer officiellement ses amitiés. Il n'y a plus de vie intérieure, pas d'intimité des sentiments. Or, qu'est-ce qui dérange le plus cette codification des rapports humains ? L'amour, bien sûr ! L'amour, cette relation non préparée, non négociée, spontanée, qui peut tout bouleverser ! L'amour est inacceptable pour qui veut réglementer la vie privée. L'amour est l'ennemi de la Révolution.

La résistance des femmes

– L'amour, et finalement les femmes…

– Oui. En 1789, les femmes s'étaient engagées : certaines avaient ouvert des sociétés patriotiques où l'on parlait des droits de l'homme, on récitait la Déclaration, on faisait aussi de la charpie pour les blessés. Elles avaient créé des clubs, souvent inspirés par le modèle romain, tel celui de Mme Moitte qui invitait les citoyennes à venir déposer leurs bijoux pour aider les finances de la patrie… Petit à petit, ces clubs vont être décriés, fermés. Alors qu'au début de la Révolution les femmes demandaient à figurer dans les cortèges comme citoyennes et guerrières, elles sont maintenant, à l'heure du jacobinisme vertueux, invitées à défiler au bras de leur mari, de préférence enceintes. On est retombé dans les poncifs de la maternité. « Nul n'est bon citoyen s'il n'est bon époux », disent les Jacobins. La moralité conjugale devient un test de moralité civique et patriotique.

– *Finis donc les espoirs de liberté et d'égalité que pouvaient nourrir les femmes. Chacun des deux sexes doit rester à sa place.*

– Entre les femmes et la Révolution, le fossé est profond. Le jacobinisme nourrit une méfiance instinctive envers elles, il y voit des rebelles en puissance, précisément parce que les femmes sont capables de vivre sans songer qu'elles sont en révolution. Les Jacobins veulent faire triompher les sentiments imposés sur les sentiments naturels, spontanés, comme la tendresse, la compassion, l'affection. Souvenez-vous de l'attitude de Robespierre, avec son ami Camille Desmoulins. « Oh, toi, mon vieux camarade de collège », lui dit-il. Mais il n'hésite pas à le sacrifier, à « donner » son vieux camarade de collège à la patrie : il le dénonce.

– *La Révolution, d'abord.*

– L'idéal révolutionnaire est plus fort que tout. Or, du plus profond d'elles-mêmes, les femmes refusent cet « intérêt suprême », qu'il soit celui du salut public, de la patrie, ou, plus tard… du parti. Mme de Staël a beau être républicaine, elle s'insurge contre l'infâme procès de la reine. Olympe de Gouges, qui rédige la

Déclaration des droits de la femme, plaide contre le procès du roi : « Si vous tuez ce roi, dit-elle, la goutte de sang versé fera revivre la royauté. »

– Les femmes s'opposent à la Révolution au nom d'une certaine idée de l'humanité et de l'amour, en somme.

– Leur résistance est d'abord religieuse : elles refusent d'assister aux messes des curés jureurs, elles abritent les prêtres réfractaires, elles campent à la porte des églises pour réclamer leurs cloches. Les révolutionnaires sont surpris par cette résistance, ils y voient un signe de l'émotivité féminine, un penchant pour l'or et les ciboires, et autres fadaises : les femmes, disent-ils, sont impressionnables, elles tournent au vent de leurs émotions… Ils ne comprennent pas que les femmes soient toujours du côté de ce qui dure – ce sont elles qui entretiennent les liens familiaux, qui tiennent la comptabilité du lignage – et qu'elles éprouvent un rejet viscéral de la férocité.

– Il y a là deux idées du monde, en fin de compte.

– On en trouve l'illustration dans les tableaux de David. Dans *Le Serment des Horaces,* les femmes sont blotties l'une contre l'autre, séparées des hommes qui posent dans une attitude virile, avec leurs épées. Même chose dans *Brutus* : à gauche, celui-ci, impassible, devant le corps de ses fils qu'on lui apporte ; à droite, la fille évanouie dans les bras de sa mère, et une servante qui se cache le visage… Dans *L'Enlèvement des Sabines,* les femmes tentent également de s'interposer pour empêcher le meurtre… Les féministes, qui prétendent aujourd'hui que la Révolution française a exclu les femmes, se trompent : les femmes sont *devenues* hostiles à la Révolution. Déçues, écœurées, elles sont rentrées à la maison, en formulant le vœu que la politique n'atteigne pas leur foyer !

La Révolution a tué la mixité

– *Comme s'il y avait une antinomie profonde entre, d'une part, l'esprit révolutionnaire, la politique et son esprit de guerre et, d'autre part, les valeurs féminines, plus douces, plus humaines.*

– Le XVIIIe siècle vit dans l'idée d'une dichotomie totale entre les monarchies et les républiques. Dans les premières, les hommes ne peuvent pas participer à la vie publique, le pouvoir étant concentré aux mains de quelques-uns ; ils ont donc des loisirs qu'ils utilisent à l'intrigue et au libertinage. Dans les républiques, au contraire, les hommes sont très pris par les affaires de la cité, et les femmes sont recluses. La monarchie, pense-t-on alors, c'est le règne des femmes. La république, celui des hommes. Ce que traduit la célèbre différence que Montesquieu et Hume font entre la France et l'Angleterre.

– *Quelle est-elle ?*

– Pour Hume, la France est le pays de la monarchie, du libertinage, du commerce libre entre les sexes. Pour Montesquieu, l'Angleterre (qu'il considère comme une république de fait, n'ayant de monarchie que le nom) est le pays où les hommes participent activement à la vie de la cité, même dans les campagnes, les femmes restant confinées dans leur monde à elles. Les deux philosophes sont d'accord pour dire qu'on ne pourra rien y changer, les mœurs étant plus fortes que les lois. La république est donc vue comme hostile aux femmes. Ce qui désolera la subtile Mme de Staël qui, dans son roman *Corinne*, décrit avec tristesse cette société anglaise où les sexes sont séparés. Ce pays, écrit-elle, interdit absolument aux femmes de briller; les sociétés anglaises sont des «enceintes glacées», les femmes ne se mêlent pas aux entretiens à voix haute, elles se retirent des dîners... En république, il n'y a plus de place pour les belles oratrices qui, autrefois, tenaient salon et captivaient les assemblées.

– Voilà donc ce qu'a fait aussi la Révolution en France : elle a séparé les sexes.

– La Révolution a en effet séparé les sexes, elle a tué la mixité. Il en restera des traces bien plus tard. Musset le dira dans *Confessions d'un enfant du siècle*, Rémusat le notera dans ses *Mémoires*: après la Révolution, les salons sont devenus bicolores. Au fumoir, les hommes en noir, qui parlent des affaires de la nation; au boudoir, les femmes, en blanc. Et dès 1800, Mme de Staël préviendra: pour que la république s'installe en France, il faudra qu'elle intègre les femmes, qu'elle rompe avec le modèle jacobin et spartiate. C'est du reste ce qui s'est passé: les mœurs républicaines ont fini par intégrer la tradition de mixité aristocratique de ce pays. Et c'est ce vieil héritage-là qui fait aujourd'hui de la société française un monde plus égalitaire que les autres pays européens ou que les États-Unis, avec des hommes et des femmes qui nouent entre eux des relations malgré tout agréables.

La défaite romantique

– *La Révolution passée, le romantisme s'impose, l'héritage de Rousseau revient… Les mœurs s'adoucissent-elles pour autant ?*

– Louis-Sébastien Mercier le constate dans son *Tableau de Paris*, en 1798 : on voit partout des femmes portant leurs enfants dans les bras, ce qui ne se faisait pas auparavant, comme si, dit-il, l'instinct de la maternité avait gagné les Françaises. Quelque chose, en effet, a changé. Mais le romantisme est une défaite, car il réintroduit la dissymétrie entre les sexes et revient sur la déculpabilisation de la sexualité opérée par Rousseau. Les héroïnes romantiques se diviseront en deux catégories : d'une part les anges de pureté, telle Mme de Mortsauf dans *Le Lys dans la vallée* qui meurt de son angélisme et de ses désirs refoulés ; d'autre part les perverses, les perfides comme lady Dudley dans le même ouvrage. La dichotomie sera complète chez Balzac.

– *Finalement, l'amour et les femmes n'ont pas gagné grand-chose avec l'épisode révolutionnaire.*

– Au début de la Révolution, on a nourri toutes sortes de rêves d'égalité amoureuse et civique. Mais ils ont été recouverts par la chape du code civil et des restaurations. « C'est l'éteignoir ! » a dit Stendhal. Les femmes sortent de la Révolution en victimes, à nouveau réduites au silence et à la solitude. Mais en définitive, je pense pourtant qu'elles ont gagné entre 1789 et 1792, avec la législation révolutionnaire du mariage, du divorce, des droits successoraux, et l'idée de leur rôle fondamental dans l'éducation citoyenne des enfants, qui plaide pour une nouvelle mixité. À terme, la relation amoureuse a également progressé : malgré tout, la Révolution a tracé l'esquisse d'un monde où les relations humaines peuvent être autres. Il faudra attendre pour cela plus d'un siècle, mais l'idée est semée.

SCÈNE III

LE XIXe SIÈCLE

Le temps des oies blanches et des bordels

Tant de désirs retenus, tant de frustrations cachées, tant de médiocres conduites... Voilà un siècle bien mal dans sa peau ! Le XIX*e s'ouvre dans un soupir romantique (« Hâtons-nous, jouissons ! » déclame Lamartine) et se dévoie dans l'hygiénisme froid des confesseurs et des médecins. Siècle hypocrite qui réprime le sexe mais en est obsédé. Traque la nudité mais regarde par les trous de serrure. Corsète le couple conjugal mais promeut les bordels. Comme si, à ce moment-là, toutes les contradictions du jeu amoureux se bousculaient. Bien sûr, ce sont encore les femmes qui en font les frais. Mais ne jugeons pas trop vite ! Vers sa fin, ce curieux* XIX*e tire sur le devant de la scène une composante de l'amour jusqu'alors inavouée : le plaisir. Il est là pour rester.*

Soupirs et effleurements

– **Dominique Simonnet :** *Voici venu le temps des langueurs, des états d'âme, des rêveries inspirées ; le moment où l'on se pâme avec Chateaubriand et Lamartine en méditant sur la fuite du temps et en écoutant le chant du rossignol par une nuit étoilée... Après la froide parenthèse révolutionnaire, le début du* XIXe *siècle se love dans le romantisme. Comme si, soudain, le sentiment amoureux, si longtemps réprimé, devenait une priorité. Du moins, dans la littérature...*

– **Alain Corbin :** Un nouveau code amoureux, en effet, s'élabore après la Révolution et renoue avec la nostalgie d'un monde idéal, de la complétude rousseauiste. Le thème de l'amour romantique est omniprésent dans les romans, il se glisse dans les manuels de savoir-vivre, et même dans la littérature pieuse. C'est le grand siècle de la confession, de l'introspection, du journal intime que l'on fait tenir aux jeunes filles de bonne famille et qu'elles arrêtent en général avec le mariage. Soudain s'exprime un intense besoin d'épanchement : on évoque la météorologie de soi, on identifie les variations de son être à celles du ciel : « J'établirai un baromètre à mon âme » (Rousseau). On médite, comme Léopoldine Hugo, en rédigeant son « cahier de style » rempli de dissertations pensives. On en appelle aux élans du cœur, on fuit loin du corps vers un angélisme diaphane, et on s'abandonne à des rêves d'amours éthérées.

– *Des rêves de pureté, toujours très influencés par les idées religieuses...*

– Le discours romantique, qui s'enracine dans le XVIIIe siècle (songez à Charlotte des *Souffrances du jeune Werther*) et ne concerne qu'une petite élite culturelle, est truffé de métaphores religieuses : l'amant est une créature céleste ; la jeune fille, un ange de pureté et de virginité ; l'amour, une expérience mystique. On parle d'aveu, de souffrance rédemptrice, d'adoration ; on est « éperdu d'amour », les cœurs « saignent »... À la parole, qui serait trop scandaleuse, on substitue un frôlement, une rougeur, un silence, un regard... C'est l'image de la jeune fille de bonne famille, assise devant son piano (exutoire solitaire de la force irrépressible des passions), la chevelure déployée, le visage éclairé par les chandelles, les yeux perdus dans le vague... Tout se joue sur le choc de la rencontre, la silhouette fugitive aperçue au détour du bosquet, la douceur du parfum, ou un serrement de main comme entre Adèle et Victor Hugo. Dans l'évocation et la distance.

– *Et donc la frustration...*

– Mme de Rênal *(Le Rouge et le Noir)* ou Mme de Mortsauf *(Le Lys dans la vallée)*, substituts de l'amour maternel, portent en elles la question de l'éducation sentimentale et, en effet, la frustration de la sexualité romantique. Mais attention : l'amour ne se dit que lorsqu'il y a manque, obstacle, éloignement, souffrance ; l'historien trouve peu de traces du bonheur. D'autre part, le sentiment amoureux a été contenu pendant des siècles, et on ne sort pas facilement d'une telle prison : la dénonciation du péché de luxure, le culte de la virginité célébré à la Renaissance, la condamnation du « fol amour », tout cela continue d'influencer insidieusement les conduites amoureuses. On peut donc se demander si ce romantisme angélique reflète la réalité ou constitue, au contraire, une forme d'exorcisme, la compensation par l'imaginaire d'un manque éprouvé dans la vie quotidienne…

Le corps corseté

– Question qui court tout au long de notre histoire de l'amour. On a toujours conclu à un grand décalage entre l'imaginaire et la réalité des conduites privées, souvent même à une franche opposition. Il y a loin de la littérature à la réalité, du discours à l'alcôve.

– C'est encore le cas au XIXe. Ainsi du mariage. En dépit du discours romantique, il reste organisé par la contrainte sociale : il existe un véritable marché matrimonial. Dans l'ordre du désir, la correspondance de Flaubert le montre : on décèle une étonnante tension entre les postures angéliques du romantisme et les pratiques masculines qui se caractérisent par les exploits de bordel. C'est le temps des oies blanches et des maisons closes. On ne vit pas et on ne dit pas la sexualité de la même manière, selon que l'on est homme ou femme.

– Qu'est-ce qui fait la différence à cette époque-là ?

– L'imaginaire féminin est centré sur la pudeur : une jeune fille de bonne famille ne se regarde pas dans le miroir, ni même dans l'eau de sa baignoire (en revanche, les miroirs tapissent les murs des bordels). Les femmes connaissent mal leur propre corps, on leur interdit même d'entrer dans les musées d'anatomie. Un système de convenances et de rites précis s'élabore pour codifier la vie privée et dissimuler le corps féminin. Les femmes ne peuvent circuler à l'extérieur les cheveux dénoués. À l'intérieur, la chemise de nuit n'est plus tolérée que dans la chambre, et toute évocation de l'intimité devient malséante. Le corps est caché, corseté, protégé par des nœuds, des agrafes, des boutons… La pudeur obsédante, la complication raffinée des vêtements ont évidemment des effets pervers : elles suscitent un érotisme diffus, qui se fixe sur la taille, la poitrine, le cuir des bottines, le désir de couper la chevelure féminine, toutes choses bien décrites par Zola ou Maupassant.

La double morale

– *Et côté masculin ?*

– Alors que les femmes ont le monopole du parfum, du fard, de la couleur, de la dentelle, les hommes sont condamnés au vêtement noir et gris en forme de tuyau. « Ce sexe est en deuil », écrit Baudelaire. L'homme du XIXe siècle n'est assurément pas fier de son corps, si ce n'est de son poil (il y a une bonne vingtaine de modèles de moustaches, de barbes et de favoris). Tandis que le monde féminin baigne tout entier dans une pudeur parfois perverse, le monde masculin est celui des pratiques vénales et d'une double morale permanente : le même jeune homme, qui identifie la jeune fille à la pureté et fait sa cour selon le rituel classique, connaît des expériences sexuelles multiples avec des prostituées, des cousettes (les ouvrières à l'aiguille dans les grandes villes) ou une « grisette », jeune fille facile et fraîche qu'il abandonnera pour épouser une héritière de bonne famille. Comme le raconte Balzac dans *Une double famille*, il n'est pas rare de conserver, après le mariage, une fille entretenue.

– Mona Ozouf le remarquait déjà : il y a donc, pour les hommes, deux types de femmes : l'ange et la garce.

– Une vraie dualité, aussi, dans la représentation du corps féminin : il est à la fois idéalisé et dégradé. « Hier vous étiez une divinité, aujourd'hui vous êtes une femme », écrit en substance Baudelaire après sa première nuit avec Mme Sabatier. La femme est supposée simuler la proie et taire un éventuel plaisir. Louise Colet, qui assaille Flaubert dans un fiacre et fait l'amour avec lui dans un hôtel de fortune, lève ensuite les yeux au ciel et joint les mains comme à la prière. Jean-Paul Sartre aura ce commentaire : « En 1846, une femme de la société bourgeoise, quand elle vient de faire la bête, doit faire l'ange. »

– Cet ange-là peut à tout moment se révéler un être dangereux, susceptible de se laisser aller à des passions maléfiques.

– Exactement. La femme reste marquée du sceau de l'antique alliance avec le démon. À tout moment, elle peut se précipiter dans le péché, sombrer dans l'hystérie ou la nymphomanie : les laves bouillonnantes qu'elle porte en elle peuvent se réveiller et déborder sans retenue. Zola a dépeint ce modèle de la dévoreuse au sein des faubourgs, expression du fantasme des hommes de ce temps, obsédés et angoissés par le sexe, hantés par la peur de la féminité. Ils se rassurent en tenant les comptes de leurs prouesses, tels Hugo, Flaubert, Vigny.

Dans l'ombre, et à la va-vite

– *On est loin du romantisme, en effet. Sait-on comment ces deux espèces différentes que sont les hommes et les femmes de cette époque-là se comportent quand ils sont ensemble dans un lit ?*

– Chez les bourgeois, la nuit de noces est une épreuve. C'est le rude moment de l'initiation féminine par un mari qui a connu une sexualité vénale. D'où la pratique ascendante du voyage de noces, en vue d'épargner à l'entourage familial un moment aussi gênant... La chambre des époux, où se cantonne la sexualité conjugale, est un sanctuaire ; le lit, un autel où l'on célèbre l'acte sacré de la reproduction. Il est d'ailleurs souvent surmonté d'un crucifix. Le corps est toujours couvert de linge. La nudité complète entre époux demeure rare jusque vers 1900 (la nudité évoquerait par trop le bordel). Est licite tout ce qui facilite la conception.

– *Tout le reste est prohibé.*

– Oui. On fait l'amour dans l'ombre, sans trop se soucier, semble-t-il, du plaisir de sa partenaire, dans la position dite du missionnaire le plus souvent, mais aussi la femme étant agenouillée, comme le recommandent les médecins aux époux désireux de concevoir. Les praticiens conseillent, en outre, à l'homme une gestion parcimonieuse de sa substance, à moduler selon l'âge – ils considèrent la cinquantaine comme la limite ultime de l'activité masculine. Tout donne à penser que la brièveté des rapports conjugaux persiste durant tout le siècle. Elle semble favoriser, elle aussi, la conception.

– Sait-on comment les femmes supportent une telle indigence ?

– Avouent-elles leur plaisir ? Surmontent-elles le mépris ou le dégoût que peut leur inspirer leur partenaire ? Comment le savoir… Les femmes n'en parlent jamais dans leurs journaux intimes ou leurs correspondances avant les années 1860. L'éventuelle et seule confidente est l'amie de cœur, parfois la cousine, que l'on a connue au pensionnat.

Soulager les maris frustrés

– Chez les hommes, en revanche, le discours sur la sexualité n'est plus tabou.

– Il est intarissable ! Dans les romans, les obscénités sont codées, et la littérature chansonnière est obsédée par l'organe viril. L'imaginaire masculin se nourrit des stéréotypes de l'amour vénal de l'Antiquité : *post coitum animal triste* : déception, dégradation de l'image de soi et de l'autre… Le vieux fond libertin travaille les hommes du XIXe : ils ont lu la littérature érotique du XVIIIe. En outre, les jeunes gens ont eu l'expérience de l'amour, souvent sous une forme dégradante. C'est pour eux une source d'orgueil. Ils se racontent leurs exploits avec grossièreté. Une fois mariés, ils ont la nostalgie de leurs aventures avec les cousettes. Les maisons closes de quartiers sont là pour soulager les maris frustrés, qui rentrent sagement à la maison.

– Comment les prostituées sont-elles traitées ?

– À partir du Consulat se concrétise le rêve d'un bordel réglementé : la maison de tolérance de quartier, qui a pour rôle d'apaiser les maris ou les célibataires et, officieusement, de déniaiser les jeunes gens. Les filles sont étroitement surveillées par la maîtresse de maison. Mais cela ne fonctionna jamais parfaitement. Ces maisons contrôlées n'empêchent pas la prostitution clandestine, et de pauvres filles se donnent pour quelques sous dans les fossés des faubourgs, ou hantent les abords des garnisons. À la fin du siècle se multiplient les maisons de rendez-vous clandestines, situées à l'étage noble des beaux immeubles et qui ne fonctionnent que le jour. On y cultive une illusion de respectabilité : la maîtresse de maison, pour entretenir un simulacre de sentiment, prétend souvent que les femmes présentes sont d'honorables épouses en mal de sensations.

Mignotage et maraîchinage

– *Dans les campagnes, les jeunes gens vivent quand même leurs amours avec plus de liberté et d'honnêteté. Du moins, je l'espère...*

– La campagne, c'est un autre monde. Dès les premières années de la monarchie de Juillet, le discours de l'amour romantique se popularise : dans les campagnes du Limousin, par exemple, les romances, les bluettes refoulent les chants traditionnels. Mais le sentiment s'y exprime peu par le langage. Plutôt par le geste. Pour signifier un penchant réciproque, on se serre très fort les mains, on se donne des grandes claques sur l'épaule. Comme Jacques Solé l'a montré pour le XVIIIe siècle, les jeunes couples pratiquent une sexualité d'attente.

– Loin des regards, dans la grange, ou dans le pré ?

– Oui. On se déniaise dans les foins, on ferme parfois les yeux quand un cadet viole les petites bergères. On se touche, on « fait l'amour », c'est-à-dire on se courtise. La fille abandonne au garçon « le haut du sac » ou elle se laisse « bouchonner ». Dans certaines régions, on pratique le « mignotage » ; en Vendée, c'est le « maraîchinage », forme de masturbation réciproque. Dans les bals, les filles se laissent caresser sans que cela porte à conséquence. Curieusement, le baiser profond reste un tabou. Parfois, on passe la nuit ensemble, ce qui n'implique pas l'acte sexuel « complet ». Mais dans certaines régions, comme en Corse ou au Pays basque, on pratique une forme de concubinage ou de mariage à l'essai. De leur côté, les bourgeois rêvent de ces amours simples et libres. Mais ils en ont peur.

Décolletés indécents

– Que fait l'Église, elle qui a toujours été au centre du contrôle de l'amour et de la sexualité ?

– C'est l'époque où l'usage du confessionnal se généralise, où l'on adopte à l'église la posture du pénitent, à genoux, les mains jointes, la voilette baissée… Le prêtre a pour mission de veiller à la pureté de la jeune fille et à la fidélité de l'épouse. Mais il ne s'attarde pas trop sur les frasques des messieurs, d'autant que les garçons cessent généralement d'aller se confesser après leur première communion. Le clergé exerce alors un véritable tribunal des consciences féminines, et condamne sévèrement les fêtes et les jeux qui se prêtent à la luxure : bals, « pardons » bretons, veillées, repas de noces… Il s'en prend aux toilettes trop coquettes, aux décolletés indécents. Par exemple, sous le second Empire, le curé de Marsac, dans le Tarn, arpente les travées de son église pour inspecter la tenue des femmes et va jusqu'à couper les mèches trop exubérantes.

– L'Église exerce-t-elle la même sévérité à l'égard du couple légitime ?

– Entre 1815 et 1850, elle avait commencé à fermer les yeux sur « l'onanisme des époux », c'est-à-dire sur une sexualité dont le but n'était pas forcément réduit à la procréation, ce qui avait favorisé la diffusion discrète de la contraception. Mais dès 1851, le rigorisme s'impose à nouveau : Rome condamne toute forme de coopération – même passive – de la femme dont l'époux pratique l'onanisme. Dieu doit garder la maîtrise de la source de la vie.

Le clitoris superflu

– Les médecins ne sont pas plus tolérants que les confesseurs. C'est la grande nouveauté : la science se mêle de sexualité.

– Durant les deux premiers tiers du siècle, les médecins perçoivent ce qu'ils appellent l'« instinct génésique » comme une force violente nécessaire à la reproduction, ce qui justifie la double morale selon le sexe : il faut bien qu'ils satisfassent leur désir dévorant. En revanche, il convient d'éviter de stimuler la curiosité des femmes, de circonscrire autant que faire se peut ce qu'il leur est licite de lire ou de regarder. Les médecins, dans le même temps, dénoncent toutes les conduites déviantes qualifiées d'« antiphysiques » : sodomie, bestialité, pédérastie. Ils craignent les méfaits des caresses entre époux qu'ils qualifient de « fraudes conjugales ». Le bon docteur Bergeret, à Arbois, dont j'ai étudié le cas, estime que ses clientes sont malades parce que leur mari se livre trop à la masturbation réciproque. Pour lui, il n'y a qu'une prescription : une bonne grossesse qui calmera leurs ardeurs. Dans un tel climat de frustration, les pratiques solitaires sont tentantes. Mais la masturbation suscite l'effroi.

– Pourquoi donc ?

– Elle conduit, selon les médecins, à une perte d'énergie, à un lent dépérissement, voire à la mort. En outre, elle s'accompagne d'une dangereuse surchauffe de l'imagination. Il est donc nécessaire de la traquer sans répit. Les jeunes gens doivent apprendre à occuper leurs mains en permanence. Les spécialistes recommandent, dans les lieux publics, de laisser une échancrure en haut et en bas des latrines pour contrôler les postures. Ils conseillent aux parents de ne pas laisser leurs enfants seuls trop longtemps, de leur éviter la chaleur et la moiteur du lit ; ils déconseillent la pratique du cheval et l'usage de… la machine à coudre, que l'Académie des sciences elle-même ira jusqu'à dénoncer. On impose même parfois aux jeunes filles des « ceintures contensives » ou, si le « mal » persiste, on pratique des interventions chirurgicales pour endiguer le mal, comme la cautérisation de l'urètre ou, plus rarement, l'ablation du clitoris.

– Par peur du plaisir féminin ?

– Oui. Que la femme puisse avoir du plaisir seule, sans présence masculine, semble en effet intolérable : c'est le vice à l'état pur. Jusqu'alors, dans la fidélité à une tradition hippocratique relayée par Galien, on pensait que le plaisir féminin était nécessaire à la reproduction. La découverte des mécanismes de l'ovulation conduit à penser que ce n'est pas le cas. Le plaisir de la femme semble donc superflu, inutile, comme l'est le clitoris.

L'animalité du peuple

– À partir de 1860, les choses changent, comme si l'on commençait timidement à tourner la vieille page de la répression.

– Oui. Dans le domaine de la vie privée, un autre XIXe siècle commence vers 1860. Tout bascule. Le mot « sexualité » (qui marque la naissance de la *scientia sexualis* et apparaît pour la première fois en 1838 pour désigner les caractères de ce qui est sexué) sera d'ailleurs utilisé vers 1880 au sens de « vie sexuelle ». L'époque est alors à l'enrichissement, à l'urbanisation. Et les bourgeois souffrent de cette morale qui les enferme. Le code romantique commence à se dégrader. Il suffit de lire la correspondance de Flaubert. Finis l'angélisme et les femmes diaphanes ! Le sentiment amoureux se dévalorise.

– Avec Madame Bovary meurt le romantisme. On comprend soudain que derrière les jolies paroles se cache une réalité plus crue. L'illusion tombe.

– Exactement. *Madame Bovary* tourne en dérision l'adultère ; le roman porte en lui une remise en cause de l'imaginaire romantique. La femme n'est plus un ange. Elle fait peur. Au lendemain de la Commune monte la crainte de l'animalité du peuple, vice que décrit Zola dans *Nana*. Pensez aux Rougon-Macquart mais aussi à l'œuvre des frères Goncourt, livres dans lesquels la femme figure un être désaxé dont le portrait traduit l'anxiété biologique. Le péril vénérien terrorise. L'amour comporte des risques. Il devient tragique. Comme l'a montré Michel Foucault, les « sexologues » établissent alors le catalogue des perversions. Ils posent l'interdit de la pathologie sur des pratiques que, jusque-là, seule la morale dénonçait.

– *L'homosexualité en fait partie.*

– Au cours de la première moitié du XIXe siècle, la médecine légale dessine le portrait de l'« antiphysique » qu'elle constitue ainsi en type humain ayant partie liée avec certaines formes d'animalité. Par la suite, l'homosexualité, qui semble préparer à toutes les perversions et que l'on associe à l'hérédité morbide, fait l'objet d'études cliniques. On ne perçoit plus l'homosexuel comme un pécheur, mais comme un malade, qu'il convient donc de soigner. En revanche, les hommes regardent avec plus d'indulgence les lesbiennes, qui alimentent leurs fantasmes sexuels.

– *À cette époque-là pourtant, dans la seconde moitié du siècle, l'anticléricalisme se développe, et on se met de plus en plus à critiquer ces confesseurs, trop curieux, souvent ambigus, qui s'interposent entre les époux.*

– Oui. Alors que l'Église demeure malgré tout rigoriste sur la question de la chair, se déploie l'offensive anticléricale. On accuse les confesseurs d'en « apprendre trop », de susciter le vice par leurs questions trop précises, de se mêler de secrets trop intimes. L'image du prêtre séducteur, pervers, troublé par l'impudeur de l'aveu de femmes, se popularise. Les maris le voient comme un concurrent susceptible de leur voler leur propriété.

Le temps des cocus

– Le divorce, adopté en 1792 par les révolutionnaires puis supprimé en 1816, est rétabli en 1884. Les femmes le réclament par milliers. Mais l'adultère est le grand thème du moment.

– L'adultère alimente les conversations, en effet. Le roman et le vaudeville incitent à la tromperie et mettent en scène le ménage à trois. Dans les milieux de la haute politique, il est normal d'avoir une maîtresse. Mais il ne faut pas surestimer l'ampleur du phénomène. On vient rire aux pièces de Feydeau, au bras de son épouse, pour exorciser la menace. Car la femme vertueuse demeure malgré tout dominante au sein de la bourgeoisie.

– Cela dit, l'adultère reste officiellement condamnable.

– L'adultère du mari ne peut guère être poursuivi, sauf si l'époux infidèle entretient une concubine au domicile conjugal, ce qui s'apparente à la bigamie. Il n'est pas rare que, dans la promiscuité des appartements, le bourgeois s'adresse à la petite bonne…

– Et l'adultère de l'épouse ?

– Il est toujours un délit, punissable en théorie jusqu'à deux ans de prison. Le mari dispose d'un droit de grâce : il peut interrompre l'exécution de la peine pour permettre à son épouse de réintégrer le domicile conjugal. Même si l'adultère féminin est moins fréquent qu'on le croit, il est vrai que les femmes ont une mobilité plus grande. La concentration urbaine, l'éclairage au gaz modifient les comportements ; la vie nocturne s'intensifie, les noctambules fréquentent les bals, les spectacles, ou déambulent sur les boulevards. À partir des années 1880, les femmes peuvent s'exhiber aux terrasses des cafés. Les voyages, en fiacre puis en chemin de fer, les vacances de la femme seule, les bains de mer, tout cela favorise les aventures.

– *Se développe alors une pratique inédite entre les jeunes gens, promise à un bel avenir : le flirt.*

– Oui. Le flirt emprunte à l'ancien code romantique et concilie la virginité, la pudeur et le désir. Voilà le regard qui prélude à la rencontre, les frôlements insensibles du vêtement, de la peau, les pressions des mains qui esquissent les préliminaires… Puis les baisers, les caresses, les attouchements qui mènent parfois à l'orgasme sans coït… Une nouvelle ère commence.

Un nouvel érotisme

– *C'est l'éclosion d'un nouvel érotisme. Et l'on imagine que les femmes vont y trouver une nouvelle forme de liberté.*

– Celles qui flirtent se situent à mi-chemin entre l'oie blanche et la jeune fille libérée. Les épouses elles aussi raffolent du flirt : elles se livrent à des jeux sensuels sans se compromettre vraiment. Ce nouvel érotisme diffuse plus de douceur. La sexualité conjugale en est changée, et le plaisir féminin commence à se dire. Quelques docteurs audacieux conseillent aux maris d'user de plus de tendresse. Le couple conjugal s'érotise. L'influence des prostituées joue également, de manière indirecte : le jeune homme introduit dans le lit conjugal des raffinements appris auprès d'elles. C'est en tout cas l'une des grandes craintes des moralistes : que l'alcôve se transforme en lupanar !

– À la fin du XIXe*, quelque chose, donc, est en train de changer dans notre histoire. Comme si le lourd carcan moral qui pèse sur les rapports entre les hommes et les femmes depuis l'Antiquité était cette fois vraiment en train de se fissurer.*

– Oui. À la fin du XIXe siècle se dessine un nouveau type de couple, plus uni : une femme plus avertie, un homme plus soucieux de sa partenaire. La contraception se développe (avec le coït interrompu notamment). L'égoïsme masculin perd de sa superbe. Une sexualité plus sensuelle se dessine à la place de l'ancienne sexualité génitale et rapide, vouée à la procréation. Entre époux, on s'appelle « chéri ». Certains romans pour jeunes femmes n'hésitent plus à esquisser un érotisme voilé. C'est en somme la première révolution sexuelle des années 60, un siècle avant la nôtre. La question de la sexualité est désormais posée.

ACTE III

Le plaisir, enfin

SCÈNE I

LES ANNÉES FOLLES

Désormais, il faut plaire !

Enfin ! Après des siècles d'inhibitions, de frustrations, de répressions, voilà donc cette chose inavouable, tant cachée, tant désirée, qui surgit timidement de la pénombre : le plaisir... La révolution amoureuse qui se déroule de 1860 à 1960 est discrète mais inéluctable. Assez de ces convenances hypocrites, de cette honte de son propre corps, de cette sexualité coupable qui scelle l'indignité des hommes et le malheur des femmes ! Pas de mariage sans amour ! Pas d'amour sans plaisir ! Voilà ce que l'on commence à penser, à défaut d'oser encore le dire. Dès l'entre-deux-guerres, porté par un hédonisme salutaire, on se touche, on se caresse, on s'embrasse sur la bouche (oui, sur la bouche !). Bref, on se libère. Ces années pas si folles ouvrent un nouvel acte de notre histoire. Et une fois encore, ce sont les femmes qui occupent le devant de la scène.

Le pouvoir de dire « non »

– **Dominique Simonnet :** *À l'aube du XXe siècle, au sortir d'une période corsetée et, on l'a vu, passablement mal dans sa peau, s'amorce une révolution des mœurs qui va lentement mûrir jusqu'aux années 1960. Il faudra donc presque cent ans, marqués de surcroît par les deux guerres mondiales, pour faire exploser la nouvelle liberté de l'amour.*

– **Anne-Marie Sohn :** Il a fallu en effet un long cheminement des mentalités pour que les individus osent s'affranchir de l'influence de la religion, de la famille, du village ou des solidarités de métier. Comme l'a raconté Alain Corbin, de nouveaux comportements se sont éveillés, à la fin du XIXe siècle, en opposition à la morale officielle victorienne, engageant l'émancipation des corps et des esprits. Ce courant de libération va se développer au XXe siècle, provoquant une véritable rupture éthique dans l'histoire des rapports entre hommes et femmes. Ce sont les gens modestes, et en premier lieu les femmes, qui s'engagent sur cette voie. Petit à petit, elles rompent avec le vieux modèle de la virginité à laquelle la religion les soumettait, elles surmontent la peur de l'opinion et la hantise de l'enfant non désiré, elles prennent de plus en plus de risques.

– *Les femmes, une fois encore, en première ligne ! Comment se manifeste cette libération ?*

– La première grande mutation, c'est la fin du mariage arrangé, qui sera effective vers 1920, d'abord dans les milieux populaires où règne une grande liberté de mœurs et où l'on est moins guidé par les intérêts patrimoniaux. Les femmes s'emparent petit à petit du pouvoir de dire « non ». L'exode rural et le salariat, en donnant à chacun la possibilité de disposer de ses propres revenus, rendent les jeunes gens plus autonomes : ceux qui « montent » à Paris ne dépendent plus de leur père, ils n'ont plus à rendre des comptes à monsieur le curé ou au maire du village. Ils cherchent naturellement à être heureux.

– *Et pour être heureux, il faut aimer.*

– Le b.a.ba du bonheur n'est-il pas de vivre avec quelqu'un que l'on a choisi et avec qui on s'entend bien ? Cette idée novatrice remonte les classes sociales, jusqu'aux bourgeois : on affirme désormais que les relations matrimoniales doivent être d'abord fondées sur un sentiment réciproque. L'amour devient le ciment du couple. Le mariage de convenance paraît alors honteux.

« Mon cœur est à vos genoux »

– *L'amour n'est plus un luxe ou une chance comme autrefois. Dès lors, on le cultive, on en est même fier.*

– En effet. Les lettres d'amour, très abondantes au début du siècle dans les milieux populaires, le montrent à l'évidence : elles sont maladroites, bourrées de fautes d'orthographe, mais développent une rhétorique enflammée et romantique, à l'image de ces romans-feuilletons qui exploitent de vieux thèmes de la littérature (telle la jeune fille perdue que le garçon sauve par la force de sa passion). Certaines ressemblent à la correspondance qu'avaient échangée Victor Hugo et

Juliette Drouet, remplie de phrases exaltées. Entre 1900 et 1939, on s'envoie aussi énormément de cartes postales amoureuses, qui représentent généralement un couple dans un décor bucolique : l'homme, d'allure dominatrice, tend à sa compagne un bouquet de fleurs.

– Avec des petits poèmes déjà imprimés.

– Oui. L'image est souvent accompagnée de quelques vers : « Je suis tout entier à vous. Mon cœur est à vos genoux. Un mot de vos lèvres fera mon bonheur. » On y ajoute un petit mot, on remanie légèrement le propos imprimé ou l'on se contente d'un : « Je n'ajoute rien, tout est écrit sur la carte », ce qui évite le problème de la rédaction. À partir de 1914, le style change un peu : les deux amoureux sont généralement face à face, les yeux dans les yeux, éperdus ; puis ils sont enlacés, prêts à échanger un baiser passionné. Les films, les romans de gare donnent dans le même genre.

– C'est donc une véritable soif d'aimer qui s'exprime soudain, un désir d'amour trop longtemps réprimé.

– Oui. Maintenant, il faut aimer ! C'est la règle. Aimer pour bien vivre. Car on commence à s'en convaincre : si l'on ne connaît pas l'amour, la vie est gâchée. Et l'on passe petit à petit de l'idée qu'il faut aimer son mari ou sa femme, ce qui est déjà une révolution fondamentale, à l'idée, autrefois scandaleuse, qu'il faut vivre ses amours quand ils surviennent. Certaines personnes suivent ainsi leurs engouements irréfléchis, se marient en trois mois, divorcent, cherchent ailleurs... Des femmes, malheureuses avec leur mari, s'en vont chercher la tendresse dans l'adultère. Les lettres les plus passionnées que j'ai pu réunir émanent d'ailleurs de couples illégitimes, ou de jeunes filles qui se jettent dans les bras d'un jeune homme sans l'assurance du mariage.

Les broderies de la séduction

– *Le mariage... Celui-ci reste donc toujours à l'horizon.*

– Bien sûr ! L'amour est revendiqué, mais les nécessités sociales ne disparaissent pas pour autant et restreignent la liberté de choix. Un proverbe du monde rural dit : « Un ne peut rien, deux peut comme trois. » Ce qui signifie qu'une exploitation ne peut fonctionner qu'avec deux personnes. Il faut faire face aux nécessités de la vie. Les lieux habituels de la rencontre sont limités et le montrent bien.

– *Où se rencontre-t-on ?*

– On fait connaissance au travail, à l'usine, au champ, au mariage de la cousine – un grand classique – ou dans les fêtes du village, c'est-à-dire dans le même milieu social. En Bretagne, dans ces fêtes nommées Pardons, on mesure l'aisance d'une jeune fille aux broderies de sa jupe de velours, habit très coûteux : plus les broderies sont hautes, plus la demoiselle est riche. Si c'est le cas, un jeune homme pauvre n'ira pas la courtiser. Entre gens du même monde, on se fait des cadeaux, comme ces boules de pardon qu'on pend dans les maisons, signe de l'intérêt qu'on porte à la personne. En Provence, c'est un châle que l'on offre.

– *L'amour, d'accord. Mais à condition de rester entre soi, c'est cela ?*

– Certains aiment au-dessus de leur condition, mais s'exposent souvent à l'opposition des parents. Les jeunes filles ont plus de latitude et peuvent espérer aimer en dehors de leur milieu social. Les ouvrières tirent assez bien leur épingle du jeu : un quart d'entre elles parvient à se marier avec un homme de la petite bourgeoisie, montant ainsi d'un cran dans l'échelle sociale (les hommes ouvriers, eux, ne font pas de « beaux » mariages). C'est le résultat de la séduction, qui prend de plus en plus d'importance à cette époque. Désormais, il faut plaire.

La fièvre du samedi soir

– C'est la grande révolution du flirt, dont nous parlait Alain Corbin. Ce qui implique que les jeunes gens aient davantage de liberté pour se rencontrer.

– Oui. Les fêtes traditionnelles, lieux de rencontre classiques, sont moins nombreuses. Mais les lieux de loisirs se multiplient. Dès 1900, les cafetiers ouvrent des bals dans leur arrière-salle tous les dimanches. Au début, il y aura un violoneux. Puis ce sera le phono, le dancing, le cinéma, et après la Seconde Guerre mondiale, les boîtes et les « surprise-parties ». Grâce à la bicyclette, puis aux services d'autocar, dès l'entre-deux-guerres, on se déplace facilement, et on va de fête en fête. Savoir danser devient le passeport indispensable de l'amour. Les jeunes gens prennent l'habitude de sortir le dimanche, ils dansent ensemble, se revoient… Ils se « fréquentent ». Les familles sont informées : « Je vais au bal ce soir ? – Avec qui ? – Avec Albert. » Certains parents tentent bien d'empêcher leur fille de sortir, mais il faut quand même lui trouver un mari. Alors... Petit à petit, les jeunes gens acquièrent une liberté nouvelle. On les voit se promener ensemble le dimanche, à la foire, dans les rues. Les couples non mariés sont désormais acceptés. Et ils peuvent se montrer.

– J'imagine que, dans un tel contexte, la sexualité, elle aussi, se libère.

– C'est l'autre grande transformation du moment. Dès l'entre-deux-guerres, la morale sexuelle se fait de plus en plus élastique. Certes, l'Église n'accepte la sexualité conjugale que mise au service d'une fécondité illimitée, et elle éprouve toujours beaucoup de réticences à l'égard du plaisir. La sexualité est toujours un péché. Mais un nombre croissant de catholiques affirment que l'amour et le plaisir sont indissociables. Et les interdits tombent.

Femmes de mauvaise vie

– De quelle manière se manifeste ce changement de la morale sexuelle ?

– Il se traduit d'abord dans le langage. On a moins honte des plaisirs de la chair. Et on le dit. Jusque-là, on utilisait le langage romantique du XVIIIe – on « assouvissait sa passion » – et les relations sexuelles étaient évoquées de façon euphémique ou à l'aide d'un vocabulaire renvoyant à la saleté ou au péché. Désormais, on parle du sexe, en utilisant soit un langage neutre et distant – « relations », « parties sexuelles » –, soit le lexique anatomique qui permet de tout décrire avec un certain détachement. On n'hésite plus à nommer précisément les parties du corps. Les procès verbaux regorgent de termes médicaux. On dit « sexe », « vagin », « coït ». Le langage se libère. Les consciences aussi. Tout cela déculpabilise les pratiques sexuelles. Mais attention, on reste entre adultes. On ne parle pas de sexualité aux adolescents.

– Qu'en savent-ils alors, ces adolescents ? Comment se débrouillent-ils pour aborder l'autre sexe, pour le « fréquenter » comme on dit.

– Ils ne savent rien. Excepté dans certains milieux populaires où l'on est assez franc, notamment sur le chapitre des maladies vénériennes, le silence prévaut dans les familles jusque dans les années 1960. La seule éducation amoureuse est négative : « Fais attention, méfie-toi des garçons ! » répète-t-on aux filles. « Méfie-toi des femmes de mauvaise vie ! » conseille-t-on aux garçons.

– C'est un peu court en effet comme éducation sexuelle !

– En 1930, mon père, né en Allemagne et qui avait alors 19 ans, a quitté la maison pour aller étudier à Francfort. Sur le quai de la gare, alors qu'il était déjà monté dans le train, mon grand-père (né en 1870) lui a juste donné ce même conseil : « Méfie-toi des femmes de mauvaise vie ! » Rien de plus. C'est la seule parole qu'il ait jamais prononcée sur ce sujet en dix-neuf ans. À cette époque-là, les adolescents doivent donc glaner des informations là où ils peuvent. Ils cherchent à en grappiller dans les livres, mais les parents veillent. Simone de Beauvoir raconte comment, dans l'entre-deux-guerres, sa mère collait les pages un peu osées de certains ouvrages pour qu'elle n'y eût pas accès.

Des épouses irréprochables

– Sur ce plan, les filles ne sont pas du tout placées à la même enseigne que les garçons. Ces derniers ont toujours l'avantage.

– La notion de la nécessaire initiation du jeune homme subsiste. Dans le monde masculin, on se moque des puceaux. Un garçon vierge au mariage est toujours un peu ridicule. Alors, les oncles ou les hommes de la famille font pression pour engager le jeune homme à se déniaiser. Celui-ci découvre la maison close ou rencontre une fille complaisante, « légère », comme on dit à l'époque. Mais il trouve rarement partenaire de son âge. Car pour une fille, se laisser aller à des relations sexuelles avant le mariage, c'est risquer de ruiner ses chances matrimoniales. Pour traduire son amour en sexualité, la jeune fille veut avoir l'assurance d'être épousée.

– Les jeunes mâles veulent toujours avoir l'assurance d'épouser une fille vierge.

– Dans la bourgeoisie, on reste attaché à la virginité féminine, et les garçons de ce milieu-là souhaitent que leur future épouse soit irréprochable : si elle n'a pas été vertueuse avant le mariage, elle risque de ne pas l'être ensuite (c'est la vieille hantise de ne pas être le père de son enfant). D'où, en effet, une inégalité complète des comportements sexuels entre filles et garçons. Cela dit, une certaine pression sociale s'exerce sur les garçons : ils ne peuvent pas faire n'importe quoi.

– Qu'est-ce qui est réprouvé ?

– Il est très mal vu qu'un jeune homme noue une liaison avec une femme mariée, ou qu'il engrosse une jeune fille sans l'épouser. Si l'on fait une « bêtise », il faut la réparer : on fête alors « Pâques avant les Rameaux », c'est-à-dire que l'on se marie avec la jeune fille que l'on a mise enceinte. Si le garçon prend la fuite, comme il arrive parfois, il est unanimement condamné. Dans les milieux libérés, comme chez les ouvriers parisiens où l'on vit en concubinage, on ne fait pas un drame si un enfant naturel survient. Mais, d'une manière générale, les filles sont prudentes et très surveillées. Au fil des années pourtant se développe l'idée que l'amour et la sexualité vont ensemble, et que, si l'on est sûr d'aimer, on peut prendre le risque d'aller plus loin. Les liaisons avant le mariage vont se développer de manière impressionnante. Un cinquième des filles ont des relations prénuptiales à la Belle Époque. Elles sont environ un tiers pendant l'entre-deux-guerres, et la moitié dans les années 1950.

Des couples plus doux

– Plus d'amour dans le couple, un peu plus de sexualité… Cela veut-il dire que les rapports entre hommes et femmes changent, s'adoucissent ?

– Les relations à l'intérieur du couple sont un peu plus égalitaires, et plus douces, même si les femmes ont en charge les tâches ménagères et beaucoup de tâches éducatives. Il y a, semble-t-il, moins d'injonctions brutales de ces maris qui, au XIXe siècle, parlaient à leur épouse sur le ton du commandement et se voulaient « le maître de leur femme ». Pour l'opinion, le mari violent n'est plus le maître, mais un homme brutal, que l'on désapprouve. Et on se montre maintenant choqué si la paysanne ne mange pas à la table et reste debout, au coin du feu, comme c'était le cas pour les générations précédentes. Mais on peut se demander si l'affirmation du sentiment amoureux n'aboutit pas aussi à des formes nouvelles de domination masculine, plus insidieuses, plus subtiles : la femme se soumet cette fois non plus par pression mais par amour. Car avec l'amour arrivent aussi toutes les manipulations affectives, telle la jalousie tyrannique exercée par certains maris.

– Le couple commence à s'érotiser, nous disait Alain Corbin. Cette tendance se confirme-t-elle ?

– Dans l'entre-deux-guerres, les caresses, plus étendues, plus savantes, se généralisent, ainsi que le baiser sur la bouche. Jusque-là, il était jugé scandaleux, même en privé (un arrêt de la Cour de cassation de 1881 le jugeait constitutif du crime d'attentat à la pudeur). Soudain, le baiser profond est valorisé, il devient le symbole de la passion et se généralise. À la campagne, il remplace les anciens codes, les bourrades et pincements que les garçons donnaient aux filles. Jusque-là, on était très pudique dans l'expression de ses sentiments, réserve héritée d'une méfiance inculquée depuis des siècles par la religion chrétienne. Maintenant, on se met à embrasser les enfants, ce qu'on ne faisait pas auparavant. Les enfants expriment eux aussi leur amour, font des câlins aux parents… Tout cela se débloque. Au fond, le sentiment amoureux est à l'avant-garde de l'expression des autres sentiments. Après les enfants, on s'est mis à embrasser leurs mères… d'une autre manière.

Caresses et « préliminaires »

– Jusque-là, l'acte sexuel était généralement conduit de manière assez primitive, et même carrément archaïque, tout entier dévolu à la satisfaction très rapide de l'homme. Cela va-t-il aussi changer ?

– Au lit, l'accent est mis sur les préliminaires. Même si les femmes refusent catégoriquement la sodomie, pratique qui va jusqu'à une forme de viol exercée par certains hommes dans un esprit de domination, la sexualité buccale se développe. Le long mouvement de découverte du corps s'engage. Il faut bien noter que cela va de pair avec le progrès de l'hygiène intime. La propreté est exigée.

– Ose-t-on enfin se montrer nu ?

– On ne va pas jusque-là… Pendant des siècles, la nudité était un tabou religieux. Entre le bain de la naissance et celui de leur ensevelissement, certaines femmes ne se sont jamais montrées nues. Pendant les Années folles, les femmes s'habillent avec des jupes courtes, elles montrent leurs jambes, mais elles gardent malgré tout une ancienne pudeur. Même si, dans les milieux populaires, on fait parfois l'amour en plein jour, à la va-vite, à l'écurie ou sur la huche, on garde ses vêtements.

– Et dans la chambre ?

– Dans la chambre conjugale, on se déshabille, mais on reste dans le noir. S'aimer, ce n'est pas encore s'abandonner. N'oublions pas que les jeunes époux de l'entre-deux-guerres ont des parents élevés au

XIXe siècle, à qui l'on a inculqué des règles de pudeur très strictes. Cependant, à partir des années 1930, grâce aux congés payés, les femmes vont à la plage, elles portent un maillot de bain, un short, une jupe-culotte pour faire du vélo... Petit à petit, les corps vont se dévoiler.

« C'était un volcan ! »

– *Et le plaisir féminin, jusque-là nié ou si souvent abhorré ?*

– Les médecins s'inquiètent de voir des jeunes filles, véritables oies blanches, qui arrivent au mariage sans rien savoir. Ils se rendent compte que des traumatismes graves résultent de cette ignorance. Pour les femmes, le plaisir n'est pas encore une revendication affirmée. Elles n'en parlent pas, mais elles y pensent.

– *On espère qu'elles ne se contentent pas d'y penser.*

– Certaines trompent leur mari, le plus souvent avec quelqu'un de plus jeune que lui (ou plus jeune qu'elle) et se défendent en disant : « Il est plus habile que toi. » Ce qui veut bien dire qu'elles recherchent le plaisir. J'ai relevé le cas d'un ouvrier parisien que sa femme avait épousé par déception amoureuse. Elle ne l'aimait pas. Le jour de la nuit de noces, elle fait une crise de nerfs, elle se refuse. La mère intervient, tente de raisonner sa fille. Imaginez la scène... L'histoire a duré quinze jours. Les copains du mari se sont moqués de lui, au point qu'il a dû se déshabiller devant eux pour leur montrer qu'il était un homme, un vrai. L'homme en est momentanément devenu impuissant. Finalement, au bout de vingt ans de mariage, cette femme découvre l'amour avec lui. Il est affolé : « C'était un volcan, dit-il, je n'y suffisais plus. » Ce cas exceptionnel montre que l'absence de sexualité heureuse était vraiment une source de tracas.

– Le but, c'est donc de former un couple non seulement amoureux, mais aussi sexuellement épanoui. Le mariage, le sentiment, le plaisir, tous les trois réunis. De toute notre histoire de l'amour, c'est la période la plus idéaliste !

– L'idéal est en effet de lier les trois. En plus, on veut des enfants, ce qui complique la gageure. Et on travaille de surcroît ! La barre est donc placée très haut. Et rares sont ceux qui l'atteignent. Alors, les femmes essaient de se persuader que tout va très bien. Le phénomène apparaît très nettement, des années 1930 aux années 1950 : certaines femmes, notamment catholiques, commencent à vivre dans le leurre ; elles restent mariées par devoir, mais se noient dans l'amertume. Autre revers de la médaille : les couples fondés sur l'amour se brisent plus facilement qu'avant. Dès l'entre-deux-guerres, nombre de couples craquent, par lassitude. L'adultère devient le révélateur du dysfonctionnement amoureux. De 75 % à 80 % des demandes de divorce sont alors formulées par des femmes.

La révolution amoureuse

– Les générations dont nous parlons sont déchirées par les deux guerres mondiales. Celles-ci modifient-elles l'évolution vers le couple d'amour et de plaisir ?

– La révolution amoureuse n'a pas connu de rupture. Je crois que la sexualité et l'amour ont une chronologie propre qui échappe relativement aux événements politiques. Certes, il y a la frustration évidente des soldats, l'homosexualité latente au front dont on ne parle pas et dont on ne sait rien. Certains soldats ont connu de terribles violences. Comment ont-ils pu revenir ensuite à un idéal amoureux ? De leur côté, les femmes ont mal vécu l'absence, elles n'ont pas toujours été fidèles… Les retours ont été difficiles, nombre de divorces ont suivi, mais 90 % des époux sont restés ensemble. On sait aussi combien, dans les campagnes, les effets de la Première Guerre ont été dévastateurs. Dans les années 1920, il y avait tellement peu de garçons que les parents ont laissé les filles faire ce qu'elles voulaient. L'émancipation s'est ainsi accélérée.

– Les années qui suivent 1945 sont comparables aux Années folles, marquées par une volonté d'émancipation amoureuse et sexuelle. Après la folie guerrière, une certaine jeunesse se libère.

– Après la Première Guerre mondiale, il y a eu une première poussée de la jeunesse, influencée notamment par des films américains, de réalisateurs allemands ou autrichiens émigrés comme Lubitsch ou Billy Wider. *La Garçonne*, qui dépeint une jeune fille s'accordant amants et maîtresses, provoqua un énorme scandale, mais fut en même temps un succès. Des écrivains comme Colette ne cachaient pas leur bisexualité… Après la Seconde Guerre mondiale, arrive en effet une autre vague de libération des mœurs.

– On songe notamment au film Les Tricheurs de Marcel Carné, montrant les jeunes gens désœuvrés de

Saint-Germain-des-Prés qui se perdent dans un plaisir cynique et funeste…

– C'est aussi *Bonjour tristesse* de Françoise Sagan (1954), *Le Blé en herbe* de Claude Autant-Lara (1953), *Les Amants* de Louis Malle (1958), qui ont tous fait scandale. L'optimisme retrouvé, le désir d'être heureux, l'appétit de vivre profitent à l'amour. Porteuse de cette nouvelle aspiration, la jeunesse va devenir amnésique : elle ne veut pas parler de la guerre : « Hitler, connais pas ! » Elle veut un autre monde. À partir de 1945, l'hédonisme s'introduit dans les couples légitimes. Le baby boom en sera un effet. On investit dans le futur, avec les enfants.

On veut du plaisir !

– Mais les années 1960 vont faire exploser l'idéal dont nous parlions. Cette fois, c'est le plaisir qui va être mis en avant.

– Les années 1960 vont en effet disjoindre la sexualité, le mariage et l'amour. On va devenir très exigeant en matière sexuelle : on ne se marie pas sans avoir testé sa future, afin de bien s'assurer que l'on peut faire coïncider amour et sexualité (cela a d'ailleurs commencé dès la Belle Époque : les veuves qui veulent se remarier font toujours l'essai pour être sûres que le futur va les satisfaire). Si ça se passe mal, on rompt. Certains garçons lâchent les filles parce qu'ils les trouvent « nulles » au lit. Cette fois, on veut du plaisir. L'amour n'est pas suffisant. Parfois, il n'est même plus nécessaire.

– *La libération sexuelle et amoureuse était-elle, selon vous, inéluctable ?*

– En amour comme ailleurs, il y a une avant-garde, dont les comportements servent de modèle et finissent par être suivis par le plus grand nombre. Certes, il y a des résistances. Tout au long du XXe siècle, certains moralisateurs tentent de revenir en arrière : « Les femmes doivent rester à la maison, elles ne doivent pas avorter, ne pas vivre en concubinage… » Mais leurs discours sont inopérants. L'effet d'imitation chez les jeunes est trop puissant. Cela se voit dans les années 1950 avec le flirt : ceux qui ne font pas comme les autres finissent par se sentir ridicules. Ainsi, lentement, on est passé de l'amour idyllique à la sexualité obligatoire. Ce que l'on a appelé la « révolution sexuelle » des années 1960 et 1970 est donc le fruit de toutes ces décennies de transformations. La maîtrise de la reproduction, avec la pilule et la légalisation de l'avortement, va achever cette libéralisation. Désormais, tous les corps à corps amoureux sont possibles.

SCÈNE II

LA RÉVOLUTION SEXUELLE

Jouissons sans entraves !

Et soudain, l'explosion ! Le lourd couvercle que des siècles de répression avaient posé sur la sexualité éclate sous la pression de Mai 68. Il est interdit d'interdire ! Jouissons sans entraves ! Du passé puritain, faisons table rase ! Tout nu, des fleurs dans les cheveux, on fait tourner les joints, et les partenaires. C'est le paradis sur Terre. Voire... La mystique du sexe a son revers. Priorité absolue au plaisir. Orgasme obligatoire. « T'es pas libérée ! » oppose-t-on à celles qui se rebellent. Le sentiment amoureux est nié, le mariage ridiculisé. Osons le dire : certains gentils révolutionnaires étaient de vrais Robespierre. Et de cet épisode angélique et pervers, on n'a pas fini de ressentir les effets.

La parenthèse enchantée

– ***Dominique Simonnet :*** *On parle des années 1960 et 1970 comme d'une « parenthèse enchantée » entre la pilule et le sida, un moment de grâce et de liberté sexuelle où tout était possible, tout était permis, comme si l'amour était enfin débarrassé de toutes ses chaînes. La vision est un peu trop idyllique, non ?*

– **Pascal Bruckner :** Elle est malgré tout assez exacte. À cette époque-là, il y avait une conjonction très propice à l'amour libre : une situation économique florissante (en plein milieu des Trente Glorieuses, la France redécouvrait la prospérité après la pénurie de la Seconde Guerre mondiale), un optimisme délirant à droite comme à gauche (on allait écraser le cancer, liquider l'infarctus du myocarde), une absence de maladies vénériennes (la dernière, la syphilis, avait été vaincue). Toutes les combinaisons érotiques étaient donc possibles, sans autres risques qu'une chaude-pisse ou la fatigue physique. Tout d'un coup, le sujet amoureux pouvait se penser vagabondant à travers ses désirs, sans freins ni pénalités. La science avait vaincu la vieille idée du péché sexuel. La liberté semblait sans limites. Tel était du moins le climat de l'époque.

– *C'était, comme Anne-Marie Sohn nous l'a dit, l'aboutissement d'un long mouvement d'émancipation qui avait couvé pendant plusieurs décennies.*

– La contestation était en effet portée depuis un siècle par différentes avant-gardes artistiques et esthétiques. Comme cela avait été le cas dans les années 1930, une envie de liberté s'est exprimée avec force dans l'après-guerre, notamment chez les jeunes. Au milieu des années 1960, nous brûlions d'envie de savoir, et nous nous saisissions du moindre signe. Nous étions en effet fascinés par des films comme *Les Tricheurs* de Marcel Carné qui représentaient pour nous l'utopie de l'amour libre et de l'orgie. Nous sortions d'une société hypocrite où les pères faisaient encore la loi dans les familles et les patrons dans l'entreprise. Et nous voulions en finir avec cette France corsetée, rigidifiée, fermée. Tout ce que nous pouvions happer de l'étranger – le rock, le blues, la soul, les hippies, les cheveux longs – était convoqué chez nous avec une avidité sans limites. Les garçons et les filles se regardaient comme deux tribus qui allaient bientôt sauter l'une sur l'autre, mais qui restaient encore séparées par des interdits.

– *Quels étaient-ils, ces vieux interdits ?*

– Il restait la virginité des femmes avant le mariage (mais c'était presque une plaisanterie), la non-mixité dans les écoles, un certain ascendant des hommes sur les femmes, une forme de pudeur... À l'époque, toute la France communiait sous le double signe du vaudeville et de l'adultère (lesquels, notons-le, n'ont nullement disparu aujourd'hui). Cela dit, nous avons découvert par la suite que nos aînés étaient prêts, eux aussi, à passer à un autre régime sexuel, celui de la liberté. En fait, les tabous sont tombés dans ces années-là parce qu'ils étaient déjà morts, rongés de l'intérieur par toute une mentalité démocratique et égalitaire. Les historiens de la sexualité nous l'ont expliqué : jusqu'à la naissance de la révolution industrielle, il régnait une certaine liberté sexuelle dans les campagnes, l'Église était moins oppressive que ne l'a été ensuite la bourgeoisie. Et puis, les interdits étaient minés par le mouvement socialiste et ouvrier, l'anarchisme, l'héritage de Rimbaud, le surréalisme, le situationnisme... Seulement, on feignait de l'ignorer. On s'était inventé un ennemi formidable et mythique, le judéo-christianisme, pour mieux souligner la singularité de notre temps.

Vivre sans temps mort

– *C'est Mai 1968 qui sert alors de révélateur et fait sauter le vieux couvercle moral.*

– Oui. Mai 68, c'est l'acte d'émancipation de l'individu, qui sape la morale collective. Désormais, on se vit comme des individus. On n'a plus d'ordre à recevoir de personne. Ni de l'Église, ni de l'armée, ni de la bourgeoisie, ni du parti... Et puisque l'individu est libre, il n'a plus d'autres obstacles face à son désir que lui-même. « Vivre sans temps mort, jouir sans entraves. » C'est la merveilleuse promesse d'un nouveau monde. Se manifeste alors une véritable jubilation à l'idée de terrasser un ordre qui nous avait marqués dans notre enfance. Nous allions passer de la répression à la conquête, et nous avions le sentiment de vivre un moment historique.

– *C'est une partie de la jeunesse qui saute d'abord le pas.*

– Le mouvement touche essentiellement les grandes villes et le milieu étudiant. Paris, c'était l'avant-garde, une oasis de liberté dans une France où il faisait bon vivre mais qui était encore prisonnière des vieux préjugés, surtout pour moi qui venais d'un milieu catholique strict. Au lycée Henri-IV, en hypokhâgne, nous formions le paradis des frustrés ! On parlait marxisme, révolution, prolétariat pour masquer une misère sexuelle et affective totale... Il y avait du désir, des élans, des soupirs qui passaient. Mais ils étaient masqués par une rhétorique révolutionnaire trompeuse.

– Et soudain, tout a explosé...

– Une phrase du ministre de l'Éducation François Missoffe adressée à Daniel Cohn-Bendit qui réclamait le droit d'aller dans les dortoirs des filles a mis le feu aux poudres : « Si ça vous travaille, allez à la piscine ! » Mai 68, c'est une révolution antiautoritaire, antitraditionaliste, dans laquelle la sexualité agit comme un phare, comme un instrument de mesure du changement en cours. Tout d'un coup, irruption de la volupté ! Au XVIIIe siècle, on disait « je vous aime » pour dire « je vous désire ». Cette fois, on dit « je te désire » au lieu de dire « je t'aime ».

Comme des enfants dans une pâtisserie

– C'est donc ce que l'on a appelé « la révolution sexuelle ». Que recouvrait vraiment ce terme ?

– C'était le droit au désir pour tous, le droit de ne plus être pénalisé quand on manifestait son envie pour une personne, grande nouveauté pour les femmes qui, jusque-là, avaient été réprimées dans l'expression de leur libido. Auparavant, on vivait des amours interrompues qui s'arrêtaient au dernier stade (« mes parents ne veulent pas, je veux rester vierge pour le mariage »), ce que connaissent aujourd'hui encore une majorité de musulmanes. Désormais, la porte s'ouvrait : une jeune fille pouvait choisir qui elle voulait, désobéir à la norme sociale, parentale, familiale…

– Et il était légitime de rechercher le plaisir.

– Tout basculait : l'accent était mis non plus sur l'interdit du plaisir, mais au contraire sur le droit au plaisir. Grande révolution : on reconnaissait aussi une autre catégorie de désir, celui des femmes, qui ne se résumait pas simplement à la pulsion de l'espèce masculine. Et on est passé de cette reconnaissance à l'acte proprement dit. Tout cela a été vécu avec une obstination, une persévérance, une volonté d'aller vers un mystère.

– Concrètement, à quoi ressemblait-il, ce passage à l'acte ?

– Disons-le : ce fut une époque où tout le monde couchait avec tout le monde, par désir autant que par curiosité. On aurait dit des enfants lâchés dans une pâtisserie ! Enfin, on pouvait tout avoir, tout goûter ! Les gens couchaient en se disant « si je ne le fais pas, j'aurai l'air d'un idiot ou d'une attardée et puis, c'est peut-être bon à prendre ». Pendant les années 1960 et 1970, il y eut ainsi une énorme avidité : la vie se déroulait sous les couleurs de l'expérience. On se disait qu'il ne fallait rien se refuser, même pas les expériences homosexuelles.

« Érection, insurrection ! »

– Reconnaissons-le, tout cela était enveloppé dans un discours intellectuel assez fumeux. On théorisait

beaucoup la sexualité à l'époque, et on disait souvent n'importe quoi.

– On lisait Freud, bien sûr, théoricien paradoxal qui n'était pourtant pas un partisan de la débauche, mais surtout Wilhem Reich, dont les idées (utilisées par une fraction de l'extrême gauche comme une sorte de synthèse entre Freud et Marx) épousaient à merveille les lubies de l'époque. Selon Reich, l'absence d'orgasme permettait d'expliquer le double phénomène du fascisme et du stalinisme : c'est parce que les gens ne jouissaient pas qu'ils se choisissaient un Hitler ou un Staline. Comme Reich avait été persécuté aux États-Unis par le FBI, emprisonné dans un hôpital psychiatrique avant de décéder à la fin des années 1950, il était considéré comme un martyr. L'orgasme, proclamait-on, avait des vertus non seulement hédoniques mais aussi politiques. Dans le mouvement *Sexpol*, dont on ne relit pas aujourd'hui les publications sans éclater de rire, des trotskistes nous expliquaient comment l'émancipation de l'être humain passait non seulement par la grève, mais aussi par le lit : la nuit, en copulant, l'ouvrier et l'ouvrière devaient atteindre ensemble l'extase pour hâter le « grand soir », sans quoi il restait un dangereux résidu d'énergie sur lequel les patrons pouvaient faire main basse, qui risquait d'accentuer la régression sociale. Tout cela était un incroyable méli-mélo, mais on y croyait : « Plus je fais l'amour, plus je fais la révolution ! » Raoul Vaneigem eut même ce jeu de mots, qui paraît consternant aujourd'hui : « Érection, insurrection ! »

– L'amour libre s'est alors constitué en véritable idéologie. Le graal du sexe allait apporter le bonheur…

– … et la paix sur Terre. La révolution prolétarienne battait de l'aile (on voyait bien que le but du prolétariat n'était pas de faire la révolution, mais de s'embourgeoiser), le tiers-monde était loin, en dépit des proclamations généreuses. La sexualité, elle, était pleine de promesses. Elle concernait tous les individus, dans leur vie la plus intime. On tentait alors de raccorder l'amour libre à toutes les idéologies en cours. Dans quelle mesure le matérialisme historique pouvait-il corroborer la révolution sexuelle ? Lénine pouvait-il se marier avec Reich ? Il y avait partout un délire fécond, on libérait non seulement les corps mais la parole.

« Aimez-vous les uns sur les autres »

– *Plus qu'un dogme, c'était carrément une mystique !*

– Oui. La sexualité était la prolongation de la religion, la forme la plus immédiate et la plus accessible de la rédemption. Elle conciliait à la fois le plaisir et la poésie. Elle allait bien au-delà du désir. On faisait l'amour en pensant à Rimbaud, à Breton, à Éluard. La sexualité portait, croyait-on, un amour universel, une forme de franciscanisme. Jusqu'à cette phrase détournée de l'Évangile : « Aimez-vous les uns sur les autres. » On réinventait une forme de christianisme primitif. Dans l'Histoire, nombre d'hérésies ont été menées au nom du corps, avec l'idée que le paradis devait être réalisé maintenant et tout de suite, que la béatitude et la félicité devaient d'abord se vivre entre frères et sœurs, abbés et abbesses, moines et nonnes. Cela avait souvent commencé par des coucheries et s'était terminé sur le bûcher dans d'abominables tortures, l'Église ne plaisantant pas. La révolution sexuelle s'inscrivait dans cette filiation.

– Tout cela paraît comique avec le recul. On s'étonne de cette immense naïveté dans laquelle on baignait à ce moment-là.

– Dans le courant hippy, il y avait de la naïveté et de la bêtise, mais aussi une certaine générosité évangélique, la conviction d'être porteurs d'un message d'amour qui puisait directement aux sources du judéo-christianisme. La sexualité était prise dans un mouvement d'ensemble qui devait fabriquer un être nouveau, un nouvel Adam réconcilié avec tout ce que les siècles d'obscurantisme et de judéo-christianisme l'avaient empêché de vivre. Les gens étaient persuadés que, dans le jeu sensuel, il y avait une vérité qui échappait à chacun des acteurs et les dépassait. Et qu'au fond nous étions les agents d'une puissance qui allait au-delà de nous, germait dans l'Histoire depuis des millénaires et dont nous étions les premiers découvreurs. Nous étions comme des explorateurs. Le sexe, c'était le jardin d'Éden ! Certains renâclaient à y entrer et restaient à la porte du phalanstère, mais il fallait faire en sorte que tout le monde pût bénéficier du festin. Le sexe était le messager de la promesse. Et la promesse, c'était la fin des barrières entre les hommes, la fin de la haine, l'avènement d'un langage universel. On voyait en l'enfant un être qui désire, et en l'adulte l'enfant qu'il avait été. Ainsi se réalisait la vieille utopie qui avait couru au fil de l'histoire occidentale !

La rédemption par le sexe

– *Cela ressemble beaucoup à l'illusion communiste.*

– La révolution sexuelle, c'est l'illusion communiste moins le parti, moins la doctrine, moins le goulag, ce qui n'est quand même pas mal. L'illusion communiste étant elle-même la reprise du message millénariste du christianisme et des hérésies du judaïsme. Il y a là une indéniable filiation. Chesterton a eu cette phrase géniale: «Le monde moderne est plein d'idées chrétiennes devenues folles.» La révolution sexuelle en était une.

– *Cette folie n'était-elle pas le fait d'une minorité d'intellectuels et de babas cool passablement enfumés?*

– Il est difficile de le dire aujourd'hui. Elle s'est quand même traduite par un mouvement de masse. Le vent soufflait des États-Unis, avec les hippies, la musique, la drogue, mais aussi de l'Angleterre, de la Hollande, pays protestants où régnait une sorte de désinvolture érotique. Le plus riche de 68, c'est la révolution désirante, qui sera ensuite théorisée par Foucault, Deleuze, Guattari... On baignait dans une bienveillance généralisée, naïve mais féconde: le sexe devait véritablement nous émousser de toutes nos pulsions mauvaises. Puisque le mal était d'origine sexuelle, on allait devenir bon en faisant l'amour.

« T'es pas libérée ! »

– *C'était le message porté notamment par le mouvement hippy aux États-Unis.*

– Certains hippies avaient fait du sexe une sorte de formalité, une manière aimable de se dire bonjour. « L'acte amoureux devrait être aussi banal que de boire un verre d'eau à deux », disait l'anarchiste russe Alexandra Kollontaï. On était libre d'agir avec la certitude que l'acte sexuel n'était suivi d'aucune conséquence, ni d'un enfant grâce à la contraception ni d'une maladie. Et puis on couchait parce qu'il le fallait, c'était la mode ! Il ne fallait pas rater l'histoire de son temps.

– *Mais cette drôle de révolution avait sa face cachée : le discours normatif, la pression du groupe, les culpabilisations perverses... Il fallait adhérer au dogme de l'amour libre, donner son corps sans rechigner, ou alors s'analyser, faire son autocritique, s'amender. En fait de libération, c'était un terrorisme !*

– Absolument. Soudain, le sexe devient terroriste. On passe d'un dogme à un autre, sans s'en apercevoir, car le nouveau a l'apparence de la merveille. Le plaisir était prohibé. Il devient obligatoire. L'ambiance est à l'intimidation, non plus par la loi mais par la norme. L'interdit s'inverse, et un nouveau tribunal s'installe : non seulement il faut faire l'amour de toutes les façons, avec toutes les personnes possibles, sans réticences, sans tabous, mais encore faut-il que le plaisir qu'on en ressent soit conforme. Quiconque s'y soustrait est vu comme une sorte d'épave réactionnaire, un résidu du vieux monde. Quand les filles refusaient de coucher, on avait le moyen de les culpabiliser : « Ben dis donc, tu en es encore là ! Tu n'es pas libérée ! » Peu à peu s'établit donc ce que nous avions appelé, avec Alain Finkielkraut, la dictature de l'orgasme obligatoire, l'idée que les hommes et les femmes doivent jouir de la même façon. Il faut prouver qu'on est à la hauteur. L'érotisme entre dans le domaine de la prouesse. On gonfle le nombre de ses partenaires et de ses orgasmes comme on gonfle ses pectoraux. Le sexe devient contrainte et exploit.

– *Oublié le mariage, méprisé le sentiment ! Des trois ingrédients de l'amour qui se combinent ou s'opposent depuis le début de notre histoire de l'amour, c'est le plaisir, si longtemps réprimé, qui devient donc la priorité absolue et écrase les deux autres. Deleuze et Guattari parlent même de « l'ignoble désir d'être aimé ».*

– Même les grands esprits disent des bêtises... Le corps apparaissant comme la métaphore de la subversion, tout le reste n'est qu'accessoire, et le sentiment est mis sous le boisseau. On se dit que pendant des siècles les hommes avaient masqué leur désir sous de belles paroles, derrière le rideau des beaux sentiments. Alors, il faut le déchirer ! Même si la chansonnette continue à parler d'amour, la musique de l'époque, le rock and roll et la pop, pousse des cris d'appétit sexuel sauvage *(« I can't get no satisfaction », « I want you ! »)*. Il ne s'agit plus que de satisfaire ses envies. L'inhibition et la frustration sont montrées du doigt comme des maladies à éradiquer ; le sentiment amoureux, avec son extraordinaire complexité et ses fantômes séculaires (la possession, la jalousie, le secret) est mis à l'index.

Et l'amour devint obscène

– Là encore, c'est un vrai renversement de valeurs : l'interdit porte désormais sur le sentiment amoureux et non plus sur le sexe.

– Oui. L'amour devient obscène. Dans ce fanatisme pansexuel, on était persuadé que l'amour n'était que la superstructure de l'infrastructure érotique, que les sentiments n'étaient que l'expression du désir. D'où le refus de la séduction, vue comme une sorte d'abomination des temps anciens : les critères physiques, la beauté, l'esthétique étaient considérés comme des survivances du vieux monde.

– En théorie, tout le monde pouvait, devait, plaire à tout le monde…

– Les hommes et les femmes étaient supposés aller l'un vers l'autre en toute franchise, sans recourir aux anciens et misérables stratagèmes. Dominique Desanti raconte comment une communauté californienne s'était fondée sur le principe de la rotation sexuelle : chaque soir, chacun devait coucher avec quelqu'un d'autre, de manière à établir une parfaite égalité. Seulement, la fille grosse et moche avait de plus en plus de mal à trouver de partenaires, les garçons passaient leur tour, et elle se retrouvait le soir sous la véranda de la maison en disant : « Qui veut de moi ? » Dans ce communisme sexuel, les vieilles barrières subsistaient.

– Quant au couple, c'était l'abomination de la désolation : on le considérait comme un assemblage archaïque, réactionnaire.

– Les gens qui se mariaient nous semblaient pathétiques, on leur faisait honte. La jalousie ne pouvait plus se dire. Si quelqu'un y succombait, le cercle des amis lui exprimait une sorte de compassion : « Pourquoi es-tu jaloux ? Analyse bien. Qu'est-ce que ça peut te faire que ton partenaire aille coucher avec quelqu'un d'autre ? » Déjà, la parole thérapeutique se frayait un chemin. Alors, au lieu de creuser sa plaie comme on le fait de nos jours, on se raisonnait : « Après tout, j'ai peut-être tort. Pourquoi m'inquiéter si ma compagne s'envoie en l'air avec le voisin du dessous ? Je n'ai qu'à faire les courses pendant ce temps-là. » Le couple était une forme transitoire, que l'on empruntait pour aller vers la polygamie ou la polyandrie que l'on souhaitait plus durables. À l'époque, il y avait un véritable terrorisme anticonjugal.

C'était ça, le nouveau monde ?

– *Même les enfants étaient engagés dans cette grande cause.*

– Les enfants devaient être élevés à l'inverse de l'éducation reçue par leurs parents, c'est-à-dire dans l'éloge de leur désir. Certains parents allaient jusqu'à faire l'amour devant eux. Je me souviens avoir assisté un soir, à Copenhague, dans la fameuse communauté de Christiania, à un grand dîner, évidemment macrobiotique (manger de la viande était un crime) : sous le regard attendri de jeunes barbus christiques et défoncés, les mômes sautaient sur les tables, marchaient dans les plats, et désespérant de ne pas trouver d'interdits, renversaient les assiettes et se lançaient de la purée au visage. Les adultes chevelus leur expliquaient qu'ils avaient bien raison mais que, peut-être, ils pourraient arrêter cinq minutes de balancer le fromage à la tête de leurs parents pour qu'ils puissent continuer la conversation. C'était ça, le nouveau monde…

– Certains « intellectuels » sont même allés jusqu'à faire l'éloge explicite de la pédophilie.

– Partout, on affirmait que l'enfant est déjà un être sexué. La pédophilie n'était pas admise, mais elle comptait un certain nombre de défenseurs. Il y avait un front uni entre toutes les sexualités qui s'est effrité à partir de 1983, date de l'apparition publique du sida. On se disait que le miracle sexuel était un don qui devait être équitablement distribué entre tous les âges, et toutes les générations. Dans le film *Harold et Maude* par exemple, la vieillesse est gratifiée des mêmes bénédictions. L'innocence et la naïveté de cette époque expliquent aussi son extraordinaire fécondité artistique, littéraire, musicale. Cela explosait dans tous les sens, et dans les lits aussi.

– Et pas toujours avec bonheur…

– Il y avait de la violence. Chacun portait son héritage familial et sa propre boue personnelle qui ressortait. On ne voulait pas le voir, mais ce vieux monde, que l'on pensait anéanti, restait présent sous les oripeaux du nouveau (comme au Club Med, lieu supposé de tous les délices, dépeint dans le film *Les Bronzés*, où ce sont toujours les mêmes qui séduisent les jolies filles). Derrière la parole libératrice euphémique, derrière cette béatitude, il y avait une vraie brutalité, les lois de la sélection amoureuse subsistaient avec force. Petit à petit, on s'est aperçu qu'il y avait des perdants, des victimes, des laissés-pour-compte, et qu'en dépit d'une parole généreuse et profuse on était en train de recréer un univers de mensonge que l'on avait pourtant tant dénoncé chez nos parents.

Une deuxième libération

– Les premières victimes de cette histoire, c'étaient, une fois encore, les femmes.

– Les femmes se sont senties niées. Tout était calqué sur la mécanique de l'orgasme masculin, sur la satisfaction unique qui balaie la pulsion. Elles ne se reconnaissaient pas dans l'accélération de la consommation sexuelle, elles ne souhaitaient pas devenir des objets manipulables à volonté par des hommes en chaleur, mais voulaient de nouveaux droits : l'avortement, la contraception, le respect de leur propre désir, et la reconnaissance de leur jouissance spécifique... La question du consentement à l'acte sexuel était posée, comme elle le reste aujourd'hui. Une partie du mouvement féministe s'est ainsi dressée contre la masculinité ; une autre, accommodante, a tenté d'inventer des rapports plus harmonieux entre les hommes et les femmes. Et puis, il y avait toujours cette renaissance incessante, à chaque relation, du sentiment, sorte de nostalgie que l'on étouffait, bridait et dont on n'osait pas parler.

– Et puis, on a osé. Certains, tels Roland Barthes (Fragments d'un discours amoureux), Michel Foucault (Histoire de la sexualité), Alain Finkielkraut et vous-même (Le Nouveau Désordre amoureux), ont entamé la critique et dénoncé cette grande illusion sexuelle.

– Nous avons voulu faire comprendre que la notion de révolution sexuelle n'avait aucun sens. Que l'amour n'était pas réformable, qu'il n'y avait pas de progrès en amour. Roland Barthes a osé proclamer : « Non, l'amour n'est pas honteux ! Moi, je continue à aimer ; il n'y a pas que le désir qui m'intéresse ; parfois, j'aime la souffrance amoureuse. » Barthes citait Werther qui, à l'époque, était une lune grotesque ; il invoquait Rousseau et tous ces personnages tombés dans l'enfer de la littérature classique.

– Le sentiment, soudain, était revalorisé.

– Oui. Tout à coup, nous revendiquions le sentiment comme plus révolutionnaire que le désir sexuel. Ce qui n'empêchait pas une consommation sexuelle frénétique, notamment dans le monde homosexuel, mais elle n'était plus obligatoire. On pouvait à la fois vivre toutes les lubies de son corps, et en même temps aimer à nouveau comme autrefois. Et on s'est mis à redécouvrir *La Princesse de Clèves, À la recherche du temps perdu, Belle du seigneur*. Le sentiment est revenu par la petite porte. C'était comme si une deuxième libération avait eu lieu.

La sexualité anxieuse

– Quel bilan faites-vous aujourd'hui de cet épisode mouvementé, vous qui en avez été à la fois le témoin et le critique ?

– Malgré tout, le bilan est positif. La révolution sexuelle que nous avons accomplie reste, dans de nombreux pays au monde, un extraordinaire idéal. Quels que soient les excès, les débordements, les dogmatismes, les femmes y ont gagné des droits indéniables (divorce, avortement, contraception). Songez que depuis 1970, le père et la mère se partagent à égalité le statut de chef de famille. Si cela était appliqué au Maghreb, ce serait une révolution ! Mais si, depuis le Moyen Âge, l'individu s'est lentement affranchi des tutelles féodales, administratives, religieuses, sociales, morales et sexuelles qui l'entravaient, nous découvrons maintenant en Occident avec stupéfaction que cette liberté a un prix, un poids, qu'elle a pour contrepartie la responsabilité et la solitude.

– *C'est donc l'étrange revers de la médaille.*

– Nous comprenons aussi que la tradition n'est pas toujours oppressive mais peut se révéler une barrière utile pour garantir la communauté humaine, que la famille, l'enfant, la procréation restent des sources d'émerveillement... Dans un monde sans règles, le couple doit désormais se soumettre à un examen constant de ses propres règles. Résultat, la sexualité est peut-être libre, mais elle est devenue anxieuse d'elle-même. Sommes-nous de bons parents ? De bons époux ? De bons amants ? L'individu moderne est contraint en permanence de s'inventer et de s'évaluer. D'où cette anxiété qui pèse aujourd'hui sur nos amours, nos familles, l'éducation de nos enfants. La parole est passée du registre du diktat à celui de la plainte : l'individu se désole en constatant qu'il y a une contrepartie terrible à l'autonomie. « Nous avons fait Mai 68 pour ne pas devenir ce que nous sommes devenus », a dit justement le dessinateur Wolinski. Ce qui veut dire que les mots d'ordre de 68 nous ont trahis, qu'ils ont eu des conséquences inattendues.

L'innocence perdue

– Est-il plus difficile d'aimer désormais, après Mai 68 ?

– Aujourd'hui, on veut tout, tout de suite, en même temps : l'amour fou mais la sécurité, la fidélité mais l'ouverture au monde, l'enfant mais la liberté absolue, la monogamie mais les vertiges du libertinage. Ce sont des demandes contradictoires et infantiles. C'est l'esprit de Mai 68 qui se prolonge. Le couple fondé sur l'amour, le sentiment le plus friable et fragile qui soit, est condamné à la brièveté et à la crise. La liberté sexuelle pèse sur les adolescents comme un fardeau. Au fond, il était plus facile de la conquérir que de la recevoir. Certains jeunes récusent cette libération qu'on leur a offerte, alors même qu'ils en bénéficient et alors que la sexualité n'a rien perdu pour eux de ses mystères et de sa terreur. Ils ont la nostalgie du vieux langage de l'amour fait de prudence, de sagesse, de mélancolie, que leur tiennent leurs grands-parents, et que Mai 68 avait totalement gommé.

– Malgré tous ses excès, il y avait un bel espoir dans l'utopie soixante-huitarde, un rêve, certes infantile, mais généreux. L'innocence des années 1970 est-elle perdue ?

– Elle l'est. Restent les histoires d'amour individuelles qui sont toujours de l'ordre de l'épanouissement et la merveille. L'erreur que nous avons commise en 68, c'est de penser que l'histoire est un héritage cumulatif et que, en supprimant les peurs d'antan, la nouvelle génération bénéficierait d'emblée d'une sexualité clés en main. C'est faux. L'histoire de l'espèce recommence avec chaque homme et avec chaque femme. On a cru pouvoir domestiquer la sexualité. En réalité, elle continue à nous échapper. Le sexe reste une énigme obsédante et angoissante, quelle que soit la manière dont nous le vivons aujourd'hui. Nous pensions l'avoir banalisé, il nous aveugle encore. Il est probable que jamais nous ne cesserons de l'interroger. La folie de notre temps, c'est de vouloir vivre l'amour en permanence, dans toute son intensité, sans ombres et sans nuages. L'amour est survalorisé. Quant au sexe, il est devenu notre nouvelle théologie. On ne parle plus que de ça, et on en parle mal, avec vulgarité et complaisance. La seule arme que l'on ait contre tout cela aujourd'hui, c'est le rire. Oui, il vaut mieux en rire.

– *Vous avez dit un jour : « L'amour est la pulsion la plus antidémocratique qui soit. » C'est la morale de votre histoire ?*

– Oui. L'amour n'est pas démocratique, il ne répond pas à la justice ni au mérite. Il reste de l'ordre de la préférence, c'est-à-dire de l'élection indue d'un être au détriment d'un autre. Pourquoi tomber amoureux de *x* plutôt que de *y* ? Parce que *x* vous fait chavirer, et que *y* vous laisse froid. Et on peut tomber amoureux d'une ordure qui vous rendra fou de douleur. Ce qui est mort de 68, c'est l'angélisme du désir et du sentiment, l'idée que tout ce qui touche au sexe est merveilleux. On sait maintenant que l'amour charrie la dépendance, l'abjection, la servitude aussi bien que le sacrifice et la transfiguration. C'est cette complexité de l'amour que nous devons redécouvrir.

SCÈNE III

ET MAINTENANT...

Libres d'aimer ?

Et maintenant ? Comment nous, qui sommes revenus de tout, nous inscrivons-nous dans cette aventure ? Comment concilions-nous les trois ingrédients de l'amour : le mariage, le plaisir, le sentiment ? Après des siècles de répressions, de combats, d'émancipations, nous voulons désormais les trois à la fois. Tout. Et tout de suite. Notre ambition est immense. Notre désillusion aussi : solitudes, familles décomposées, adolescents déboussolés ; et puis le sida, les souffrances, les blessures. Voilà la vérité qui nous encombre : l'amour n'est pas plus facile à vivre dans la liberté que dans la contrainte ; nos ancêtres n'étaient peut-être pas moins heureux que nous ne feignons de l'être. Nous voilà seuls devant le gouffre de nos propres choix. C'est donc la fin (provisoire) de notre longue histoire. À chacun d'inventer la suite, dans l'intimité.

L'insaisissable présent

*– **Dominique Simonnet:** Si l'on observait les comportements amoureux de nos contemporains en utilisant les sources de l'historien, comme nous l'avons fait pour les périodes précédentes, on trouverait, dans les films, les romans, les émissions de télévision, un curieux mélange : exacerbation des sentiments, obsession du désir et de la séduction, images d'une sexualité archaïque et brutale, discours de désenchantement... L'amour aujourd'hui serait-il placé sous le signe de l'incohérence ?*

– **Alice Ferney:** Sans doute pas davantage que celui d'hier. Simplement, nous n'en distinguons pas encore la cohérence telle que les historiens de demain la découvriront (ou l'inventeront). Les films et les romans, autant que les médias, sont des miroirs déformants, Paul Veyne et Jacques Solé l'ont noté pour d'autres temps. Ce qui frappe aujourd'hui, c'est le contraste entre le discours sur l'amour et la réalité des vies amoureuses. On écrit sur la banalisation de la sexualité et le désenchantement des cœurs pendant que l'amour demeure une chose subtile et importante qui fait toujours rêver les hommes et les femmes. Au fond, n'aurions-nous pas peur d'être romantiques (et cela, par crainte de sembler conventionnels) ?

– Il faudrait donc trouver d'autres sources, d'autres indicateurs pour saisir, dans sa réalité contemporaine, ce que nous poursuivons depuis le début de cet ouvrage, cet amour omniprésent et insaisissable.

– Les médecins, gynécologues, psychologues et sexologues, qui, comme le dirait Michel Foucault, ont remplacé les confesseurs, nous donneraient en effet une image plus digne de foi. On prétend souvent par exemple que nombre de filles connaissent une sexualité précoce vers 12 ans. Cela est vrai pour certaines d'entre elles, mais l'âge moyen réel aujourd'hui tourne autour de 18 ans. Et les gynécologues sont les premiers à dire que souvent les filles considèrent que cette expérience s'est produite trop tôt… En tout cas, nous devons faire preuve de la même modestie que les historiens, en acceptant l'idée que des choses contradictoires peuvent cohabiter. Essayer de cerner et de décrire un phénomène contemporain est risqué, peut-être même impossible. « Appartenir à une époque, c'est être incapable d'en comprendre le sens », écrivait Hermann Hesse dans *Le Loup des steppes*. Face au présent amoureux, nous sommes peut-être aussi démunis que les historiens devant le passé.

Tout est possible

– Mais nous ne le sommes pas plus. Essayons donc quand même l'analyse, en faisant appel cette fois à votre sensibilité de femme et d'écrivain, vous qui traquez le sentiment amoureux à travers vos romans.

– Il me semble que le plus frappant aujourd'hui, c'est l'éclatement des formes d'amour, la disparition de la norme : chacun a pris le gouvernement de sa vie sentimentale, ce qui est unique dans l'Histoire (même dans les années 1970, Pascal Bruckner l'a raconté, la révolution sexuelle exerçait une contrainte, on était obligé d'être « libéré »). L'homosexualité est entrée dans les mœurs, l'avortement n'est plus un crime, l'adultère des femmes non plus... Certes, chacun porte en soi nombre de déterminismes, mais il peut néanmoins exercer son choix. Aujourd'hui, nous pouvons aimer comme bon nous semble. Tout est possible.

– Il revient en effet à chacun, et non plus à l'Église ou à l'État, le soin de concilier nos trois ingrédients de l'amour si difficilement conciliables : la sexualité, le mariage, le sentiment.

– Dans toute l'histoire de l'amour, le mariage et la sexualité ont été sous contrôle ; seul le sentiment, en dépit de tout, restait libre : on pouvait obliger l'individu à vivre avec quelqu'un, à coucher avec quelqu'un, on n'a jamais pu l'obliger à aimer... Les choses ont changé. Désormais, et malgré le risque du sida, la sexualité est débarrassée de l'emprise de l'Église, séparée de la procréation grâce au progrès médical, déculpabilisée par la psychanalyse, et même exaltée, puisque c'est l'absence de désir qui est culpabilisée. Quant au mariage, fondé sur l'amour, il n'est plus obligatoire ni répandu, il échappe lui aussi aux stratégies religieuses ou familiales ; le divorce n'est plus honteux, et les époux sont traités pareillement devant la loi.

– Une vraie liberté règne donc sur la vie privée.

– La modernité prend l'aspect de cette immense liberté : « Je ne veux pas d'enfant ; je veux vivre sans me marier ; je veux me séparer de toi... » Même si notre vie privée est encore soumise à la loi (le ventre des mères est contrôlé par les médecins et les juristes), nous sommes moins dépendants de la morale collective et moins assujettis à la nature, grâce au progrès technique. On dirait que l'ordre social castrateur, qui a régné pendant de longs siècles en Occident, est mort. Mais faut-il le croire ? Notre société cacherait-elle sa norme ? Les trois champs de l'amour sont-ils vraiment libérés ?

Le bonheur à tout prix

– Pourtant, ce que l'on recherche avidement, c'est à réconcilier ces trois champs : on veut un vrai amour, qui dure, avec le plaisir à la clé.

– Oui. Le rêve d'aujourd'hui reste celui du couple amoureux, fidèle et désirant, ce qui exige une forme de contrat social même si l'on ne se marie pas. Notre époque se caractérise par une extrême exigence des individus à l'égard de leur idéal : nous voulons le bonheur à tout prix. Autrefois, la cellule économique de base était la famille (avec le chef de famille : on parle d'ailleurs toujours de « foyer fiscal »), à laquelle on assujettissait son destin. Dans *Le Mariage et la Morale,* Bertrand Russell rappelait que les amants ou les époux ne sont obligés à la vie commune que s'ils sont parents. Dès que les enfants devenaient des adultes autonomes, la rupture était sans gravité. Aujourd'hui, l'unité de base est devenue l'individu, qui ne sacrifie plus son bonheur individuel à l'entité familiale. La psychanalyse, discipline qui a tant influencé la vie amoureuse, a affirmé qu'il valait mieux un divorce qu'une mésentente au sein de la famille. La dernière limite est ainsi tombée. L'épanouissement personnel est placé au-dessus de tout : on refuse la frustration et la culpabilisation.

– *Mais revers de la médaille, chacun est livré à lui-même, seul face à ses choix. La désillusion est à la mesure de nos attentes. Dans les siècles passés, où le mariage arrangé était la norme, on bricolait l'amour avec ce que l'on pouvait. Parfois, on réussissait. Parfois, non.*

– Mona Ozouf l'a noté, le revers de la liberté n'est rien moins que l'angoisse de vivre, la difficulté d'être et l'impossibilité de trouver hors de soi-même la raison d'un échec amoureux. Cette liberté nous pèse en effet, elle peut déboussoler. Elle est difficile à vivre, car elle suppose le choix, l'engagement, la responsabilité. Et notre exigence nous place face à une nouvelle difficulté : celle de faire nous-mêmes durer l'amour.

– *On se résigne alors à ce que l'amour ne dure qu'un temps.*

– Je ne partage pas le défaitisme du moment. Certes, 50 % des ménages parisiens divorcent au bout de trois ans, ce qui n'est pas engageant. Mais 50 % qui le pouvaient ne le font pas. Et les couples qui subsistent durent beaucoup plus longtemps que ceux d'autrefois, compte tenu de l'allongement de la durée de vie : on se marie vers 26 ans, on meurt vers 80 ans. Nombre de personnes réussissent donc cette aventure incroyable, l'exploit d'une longue vie commune. Quant à ceux qui rompent, peut-on dire qu'ils sont moins persévérants que leurs ancêtres ? Rien n'est moins sûr. La morale conjugale dépend aussi du contexte économique et démographique : au XVIIe siècle, Jacques Solé le notait, « la mort faisait office de divorce » ; au XIXe, rappelait Alain Corbin, les femmes étaient enfermées, ce qui garantissait mieux leur vertu et la stabilité du mariage.

Aujourd'hui, les femmes travaillent, font des rencontres, elles sont autonomes et ont les moyens de se séparer de leur conjoint, elles jouissent d'une vraie liberté sexuelle. Qui sait ce qu'auraient fait nos prédécesseurs dans les mêmes conditions ?

« La force est en toi »

– C'est donc la grande dérégulation de l'amour, le libéralisme sentimental. Dans une société où les sentiments sont si volatils, on se demande même si ce mot « amour » a encore un sens.

– « Nous nous heurtons à la définition de l'amour », a constaté Jean Courtin, au début de cette histoire, le même mot indiquant l'attirance, l'instinct ou l'attachement. Le mot « amour », né dans l'Antiquité, est bien antérieur à celui de « sexualité » apparu au XIXe siècle. Il se rapportait autrefois à l'amour de Dieu, au soin que l'on apportait aux autres. J'aime l'idée que l'amour est une force cosmique, comme la gravitation : une attraction qui nous pousse vers l'autre. Newton cherchait d'ailleurs une loi de l'amour, il pensait que les planètes comme les êtres s'attiraient, « s'aimaient ».

– Certes, mais dans notre perception moderne, la sphère de l'amour et celle du désir, de l'attraction comme vous dites, ne sont pas distinctes. Désirer, est-ce aimer ? Peut-on aimer sans désir ? Désirer sans aimer ? Devons-nous croire au grand amour, qui s'inscrit dans la durée ? Ou faut-il se résigner à vivre dans l'incertitude de ses propres sentiments ? Toutes ces questions nous taraudent aujourd'hui…

– Beaucoup de jeunes gens, en effet, s'interrogent. Heureusement, on ne fait généralement qu'une seule rencontre à la fois, ce qui simplifie quand même les choses. À part ceux qui mettent plusieurs casseroles au feu en se demandant laquelle ils vont consommer, l'élan initial est unique. Teilhard de Chardin estimait que le christianisme aurait mieux fait de tenter de comprendre cette force mystérieuse plutôt que de tout faire pour la canaliser, en vain.

– Ce mystère n'a pas été élucidé.

– Aujourd'hui, la science nous dit : ce n'est pas le cœur qui aime, mais le cerveau, c'est-à-dire l'esprit. Comment cette force s'exprime-t-elle en nous ? Peut-on la commander ? La faire durer ou cesser ? Les bouddhistes, qui conseillent la compassion, pensent que l'autre est un « autre moi-même ». L'amour serait ce mode de relation qui nous permettrait de mieux comprendre l'autre, de le ressentir intérieurement, une sorte de pouvoir mental, une manière d'effacer la frontière entre soi et les autres, de trouver une forme d'harmonie. Ils ont une belle image : l'humanité est la mer, chaque individu est une vague, semblable et différente. On a oublié cette magie de la communication intérieure, qui pourrait nous aider à résoudre ce conflit perpétuel entre l'amour et la sexualité, entre le corps et l'esprit. « La force est en toi », dit-on dans *La Guerre des étoiles*. C'est la phrase de la modernité.

Une faculté innée

– On dit aussi habituellement que l'amour a ses raisons…

– Il est insaisissable par la raison. L'amour est paranormal. On ne peut le maîtriser qu'au terme d'un long travail sur soi-même. Dans l'Antiquité, on apprenait à méditer. La psychanalyse a ouvert d'autres voies d'introspection pour développer ce pouvoir de se connaître. Les neurobiologistes nous le disent : nous portons en nous la capacité de marcher, de parler, de raisonner… N'avons-nous pas aussi la faculté innée d'aimer ?

– *Qu'en pensez-vous ?*

– La force d'amour est en nous, mais au contraire de nos autres facultés elle a une spécificité étonnante : elle ne s'adresse pas à tout le monde, elle ne se manifeste pas au hasard, elle ne se déclare pas à notre insu, comme le besoin de marcher chez un bébé. Et elle relève aussi de notre choix. Mais une fois qu'elle est là, installée, on apprend à vivre avec elle, comme on apprend soudain à vivre debout, sur ses deux jambes.

– *Pour reprendre votre métaphore, tout le monde ne vit pas debout. Certains sont doués pour l'amour ; d'autres sont incapables d'aimer…*

– Vous avez sans doute raison. Certains enfants marchent d'une manière plus déliée, plus coordonnée, que d'autres… C'est peut-être la même chose pour l'amour : y aurait-il une forme de « coordination » de l'esprit qui nous rendrait plus ou moins doué pour aimer ? Certains traits de caractère facilitent assurément la vie amoureuse.

« Je décide que c'est elle ! »

– On « tombe » amoureux, comme lors d'une chute. Mais le coup de foudre que l'on magnifie aujourd'hui est-il compatible avec la durée ?

– L'une des versions du mythe de Tristan et Iseult limite l'effet du philtre d'amour à trois ans (dans d'autres versions, il est illimité). C'est une idée qui nous sied aujourd'hui : on admet que l'état de passion, avec tout ce qu'il contient d'exaltation sensuelle, hormonale, chimique, ne dure pas plus de trois ans. C'est déjà quelque chose ! Tant qu'il n'y a pas d'enfants en jeu, l'échec amoureux n'est pas dramatique. À moins de cultiver encore ce joli modèle qui voudrait que la personne dont on tombe amoureux soit la première et la dernière.

– Ce modèle du grand amour unique n'est pas mort. Même s'ils ne l'avouent pas toujours, beaucoup de jeunes gens sont à la recherche du « grand amour ». Et désespèrent en même temps de pouvoir le trouver. Réunir à la fois le sentiment, le désir et la durée reste quand même illusoire.

– Faut-il attendre la fameuse rencontre, la reconnaissance mutuelle instantanée, la révélation : « C'est elle ! », « C'est lui ! » ? Je ne partage pas cette vision. Je n'imagine pas qu'il y ait une personne unique avec qui on pourrait réussir une longue vie amoureuse. Il y en a sûrement plusieurs ! La théorie platonicienne de l'autre moitié...

– Nous serions tous des êtres coupés en deux en quête de notre autre moitié...

– Oui. Cette théorie ne me convainc pas. Je crois que nous fabriquons à deux une moitié respective : « Je décide que c'est elle », « Je décide que c'est lui », « voilà la personne que j'ai choisie pour aller plus avant dans l'amour ». Autrefois, on parlait de « devoir », principe contraignant mais pratique puisque l'on était ainsi incité à renforcer notre relation. Aujourd'hui, nous parlons de « choix », ce qui n'est pas un mauvais terme : à nous de choisir notre amour, notre amant, la personne avec qui nous espérons bâtir une relation durable et épanouie.

Aimer, c'est un travail !

– *Vous parlez de l'amour comme d'une construction, d'un travail à accomplir.*

– Je le pense profondément : aimer, c'est un travail ! Je veux dire une action, une volonté, une attention. Il faut faire l'apprentissage de son cœur, dans l'amour, dans la vie, dans le temps. Comme celles de la gravitation, les lois de l'amour ne peuvent être changées. Un verre tombe, il se casse... Vous tombez amoureux, vous êtes attiré par l'autre... Mais ces forces peuvent être utilisées à notre avantage. Malgré la gravitation qui ne cesse jamais, on fait voler des avions et décoller des fusées. Avec l'amour, c'est la même chose : malgré le désir qui se transforme, on peut faire durer un amour.

– *Il faut vouloir aimer, en somme.*

– Aimer, c'est aussi une décision. Dans une vie de couple, il y a des crises, des dépressions, des engouements, des réussites, des euphories... C'est le travail de chacun d'avoir conscience de ces états différents, de décider s'il souhaite que la relation dure, et si tel est le cas de faire en sorte de surmonter les tempêtes. La totale liberté d'aimer que n'ont pas connue nos ancêtres nous impose justement de construire notre amour. Il n'y a plus personne pour le faire à notre place. L'un des personnages de mon livre *La Conversation amoureuse* propose cette définition : l'amour, c'est ce qui existe entre deux individus capables de vivre ensemble sans se tuer.

– *La définition est plutôt minimaliste.*

– Sans se tuer symboliquement, en tout cas. Car la vie commune n'est pas plus facile à vivre que la solitude. Dans nombre de couples, le rapport de forces tue véritablement la personnalité de l'un ou de l'autre, et donc probablement l'amour. Quand vous réduisez à zéro « l'espace des possibles » de quelqu'un, c'est un meurtre symbolique. C'est ce respect de l'autre qui est un travail. Cette idée est même intégrée dans la loi : les parents sont obligés d'aider leurs enfants à faire des études, à ouvrir le champ de leur vie. L'émancipation des femmes leur a permis aussi d'élargir leur espace au-delà du cercle privé. En même temps, le risque, c'est de renforcer l'individualisme et l'égoïsme. D'où la nécessité d'une éducation non seulement sexuelle mais morale, qui ne se limite pas aux interdits mais aille dans un sens positif : une quête du bien. On devrait apprendre aux enfants à s'interroger sur ce qu'ils veulent faire de leur vie, en même temps qu'à faire face à la vie des autres, à trouver le « souverain bien » dont parlent les philosophes.

Fidèles et infidèles

– *Grisés par notre liberté d'aimer, nous serions donc devenus trop impatients, trop exigeants, trop capricieux. Il faudrait réapprendre à cultiver la fidélité ?*

– Je crois qu'il faut vouloir aimer. Le partenaire que l'on a n'est pas toujours le meilleur que l'on puisse avoir. Le garder, l'aimer, est arbitraire et non pas optimal. Aimer, c'est donc aussi une décision, un choix. Denis de Rougemont l'écrivait en 1939 : « La fidélité est à contre-courant des valeurs aujourd'hui vénérées par tous, elle est devenue le plus profond des non-conformismes. » D'un vieux couple qui a su faire vivre son amour, se dégage une force extraordinaire. N'importe qui, à mon avis, a envie de cela, mais c'est exceptionnel. Il faut se donner du mal.

– *C'est une forme de volontarisme individuel, mis au service de l'amour, que vous prônez.*

– La volonté tient une place décisive dans ma vision du monde. Non pas que je la croie toute-puissante, mais il me semble que le vouloir est en soi une force et une joie. Apprendre à s'interroger soi-même, à circonvenir son désir, c'est déjà trouver sa vie. Dans notre liberté de vie, c'est devenu crucial. Autrefois, les femmes étaient comme des objets, vendues au nom d'intérêts patrimoniaux, passant de l'autorité d'un père à celle d'un mari. Aujourd'hui, elles sont libres, elles disposent des outils de cette liberté (les avancées médicales qui apportent un bien-être physique et moral, l'assistance de la psychologie, des médiations de toutes sortes), elles ne peuvent donc s'en prendre qu'à elles-mêmes. En fait, nous vivons une époque extraordinaire pour l'amour. À chacun de l'inventer.

Ne pas tout attendre de l'amour

– Dans votre roman La Conversation amoureuse, vous décrivez justement différentes configurations de couples d'aujourd'hui : fidèles ou infidèles, heureux ou résignés, avec ou sans enfants... Même quand on y travaille, le bonheur n'est pas toujours au rendez-vous.

– Je me posais la question: est-ce qu'aimer rend heureux ? On voit bien que les échecs sont nombreux. Certaines personnes recherchent compulsivement des relations amoureuses qui les rendent malheureux... Autrefois, la jeune fille de 20 ans avait sa voie toute tracée: le prétendant, le mariage, la maternité. On ne lui demandait pas de travailler. Les soucis étaient d'un autre ordre. Aujourd'hui, elle doit tout trouver elle-même: son amant, son mari, le père de ses enfants, son travail. Or, on voudrait parfois nous faire croire que l'on peut obtenir ce que l'on veut sans effort, que l'on peut écrire un grand livre au fil de la plume, gagner une coupe de tennis ou de foot parce que l'on a simplement du génie...

– On dissimule les heures de souffrances nécessaires pour en arriver là.

– C'est la même chose pour l'amour. Il ne se vit pas sans efforts. On nous assaille de conseils sur la sexualité, mais on laisse le champ entier des sentiments dans une pénombre mystérieuse. Eh bien, il faut le dire, et le répéter: l'amour n'est pas une entreprise facile...

Par ailleurs, je crois que l'on a tort de tout attendre de lui. Il me semble qu'une grande part du bonheur ne vient pas de l'amour. C'est une chose que l'on préfère ne pas entendre aujourd'hui, mais pourtant, l'amour ne rend pas forcément heureux, et il y a aussi d'autres choses (d'autres jeux, d'autres activités, d'autres créations...) qui peuvent faire un bonheur.

– Cette idée de « construire » son amour peut s'avérer dangereuse. Souvent, on se trompe en s'engageant, on plaque sur une personne l'image idéale que l'on a dans la tête, on se ment à soi-même, on bâtit une illusion. Et ce n'est pas l'autre personne que l'on aime, mais l'idée de l'amour.

– C'est en effet un danger. Car c'est toujours un(e) inconnu(e) que l'on rencontre. Il faut des années pour le découvrir... Rappelez-vous la phrase de Thomas Mann : « Nul homme se connaissant lui-même ne reste celui qu'il était. » Nous sommes perpétuellement en changement, physiquement, spirituellement. Sans compter qu'il n'est pas anodin de vivre avec quelqu'un : l'autre vous change aussi, et vous le changez. C'est une évolution conjointe. Si son influence est mauvaise, s'il fait de vous quelqu'un qui ne vous plaît pas, cela peut être une raison de le rejeter. Si elle est bonne, on peut essayer de construire une vie attrayante.

Les maîtres de la durée

– Encore faut-il en accepter la durée...

– Autrefois, faire durer relevait en effet de la contrainte sociale, et bien des conjoints ont dû souhaiter la mort de l'autre. On l'a vu dans différentes époques, le statut de veuve était d'ailleurs très recherché : c'était souvent la seule manière de retrouver sa liberté. En fait, quand on se place au bout de notre histoire de l'amour, on a le sentiment que nous vivons une période de transition : les notions de devoir, de péché, d'emprise sociale, de morale sexuelle ont été dissoutes par la libéralisation des mœurs. Nous devons maintenant trouver en nous de nouveaux moyens pour contrôler cette force amoureuse. Nous sommes devenus les seuls maîtres de la durée.

– *Pas simple... La révolution sexuelle est terminée, mais nous vivons toujours dans l'apologie envahissante du désir.*

– Le courant actuel porte des traces du passé. Comme le disait Foucault, on peut se demander pourquoi, au XIXe siècle notamment, on a fait du sexe un péché, et pourquoi aujourd'hui faire du sexe un péché est désormais... un péché. Les fantasmes de quelques écrivains femmes qui disent « regardez comme je suis libre, regardez comme je suis excessive, regardez comme je considère le sexe sans censure » apparaissent dépassés dans cette perspective. Ce sont des proclamations conservatrices en somme, puisqu'elles rappellent dans le présent ce qui appartient au passé (sous prétexte de s'en démarquer). D'une façon générale, nous vivons dans un monde très bavard. Nous voulons absolument parler, inscrire l'amour dans l'espace des mots. Or, c'est une entreprise difficile et réductrice : on a beau mettre la gravitation en équations, on ne comprend pas vraiment ce qui se passe quand un objet tombe.

Hommes féminins, femmes masculines

– On peut se demander s'il n'y a pas deux approches de l'amour et de la sexualité, la masculine et la féminine, assez incompatibles.

– Il semble que les scientifiques sont en voie de montrer que la différenciation sexuelle n'est pas une simple création sociale. On sait désormais que le cerveau et la chimie amoureuse de la femme et de l'homme sont différents. Les femmes juxtaposent naturellement la sexualité et l'amour. Les hommes les dissocient. Certes, il y a aussi une petite poignée d'hommes féminins et des femmes masculines, qui cherchent la rencontre et la rupture. Mais la majorité des femmes sont féminines et veulent la durée, un vrai sentiment vivant qui donne un sens à leur existence.

– Les hommes veulent d'abord du plaisir ; les femmes, un mari ?

– Je ne sais pas ! Mais si c'est le cas, j'ai envie de vous dire : Et alors ? Nous vivons encore avec l'héritage de Mai 68, nous avons peur d'être conventionnels. Rejeter toute convention par principe, c'est une forme de convention. Avouons-nous que les conventions sont partout, les moins avouées étant les plus dangereuses. On recherche aussi le sexe opposé pour perpétrer ses gènes. On sait aussi que le désir évolue différemment au cours de la vie chez les hommes et les femmes : il est plus fort chez les adolescents garçons que chez les filles. Si celles-ci ont des relations sexuelles, c'est aussi parce qu'elles sont soumises à la pression sociale et à l'insistance des garçons. En revanche, le désir érotique est fort chez les femmes entre 30 et 40 ans.

– *Ce qui n'est pas fait pour concilier les deux.*

– L'idéal serait alors le couple formé d'un jeune homme et d'une femme beaucoup plus âgée ! Ce qui est contraire à toutes nos conventions qui valorisent la jeunesse et font de la femme l'étendard de l'homme. On sait aussi qu'après un accouchement les femmes subissent une baisse hormonale qui amenuise leur désir. Cela peut durer une année entière. Est-ce pour autant qu'il n'y a plus d'amour ? (On pourra mettre au point des traitements contre la baisse du désir. Pas contre le désamour. Il y a donc une chimie du désir. Mais il n'y a pas de chimie de l'amour.)

La sexualité ne sera jamais banale

– *Les adolescents sont plongés dans un discours qui exalte le plaisir « tout, et tout de suite ». Ce n'est pas vraiment favorable à un travail sur la durée, comme vous dites.*

– Nous leur avons donné l'image de maints échecs amoureux. Il faudrait les éduquer à l'écoute, à la méditation, à la distanciation par rapport à ce discours ambiant, leur apprendre à distinguer ce qui est marginal de ce qui est essentiel. Une littérature du désenchantement amoureux, issue de la libération sexuelle, prétend banaliser la sexualité. C'est ridicule ! Se mettre nu devant un autre, offrir son corps, n'est pas anodin. On ne couche pas comme on va au cinéma ou au restaurant. L'acte sexuel vous engage, vous et l'autre, et garde un caractère sacré. La sexualité ne sera jamais banale, et nous pouvons nous en réjouir.

– La volonté, c'est une jolie chose. Mais nous sommes faits de vieux morceaux de cultures, d'anciens tabous, de mythes antiques, qui nous influencent inconsciemment et nous tirent en arrière.

– Flottons-nous comme des bouchons sur la mer ou sommes-nous capables de tenir un cap ? L'amour a été régi par la contrainte sociale et religieuse, le péché, le devoir... Aujourd'hui, il l'est par notre volonté. Bien sûr, les déterminismes familiaux, psychologiques, historiques, sociaux, culturels sont pesants. Mais jusqu'à quel point est-on responsable de soi-même ? Refusons la déresponsabilisation, rejetons tous les discours visant à nous dédouaner de nous-mêmes. Ce serait la faute de notre petite enfance, de la chimie, de la morphologie...

– Ce qui n'est pas toujours entièrement faux.

– Certes, il y a une part de nous-même dont nous ne pouvons pas nous affranchir : nous ne pouvons pas changer notre taille ou la forme de notre visage, ni sans doute certains traits de notre caractère. Nous avons tous notre propre prison, et nous en avons d'autant plus conscience aujourd'hui que nous avons des mots pour le dire. Malgré tout, il y a toujours une petite part sur laquelle nous pouvons agir. Au lieu d'aller vers la défaite, nous pouvons aller vers le soleil. Nous pouvons désactiver notre volonté ou au contraire persister à la cultiver. C'est le vrai choix de notre modernité.

Apprenons à aimer

– Aujourd'hui, nous avons du mal à accepter l'échec ou l'absence. Nous voulons des guerres sans mort. Et des amours sans blessures.

– Oui, il semble que nous soyons exigeants ! Un seul objet nous manque, et nous en sommes contrariés. Nous vivons dans l'espoir de l'amour zéro défaut, du mariage sans échec. Notre liberté est immense, notre appétit de bonheur aussi. Alors, nos désillusions nous semblent insupportables. Pourtant, chaque génération a dû accepter certains efforts, certaines souffrances, ses défaites. Songez à tous ces jeunes gens qui avaient 20 ans et sont morts dans les tranchées de 14-18, au nom de leur patrie ; ou à ces femmes qui se sont sacrifiées au nom de leur famille. Chaque génération trouve un état du monde différent, un champ des possibles limité, et la forme de sa vie. Les jeunes d'aujourd'hui vont devoir vivre dans une société revenue de ses révolutions et prête peut-être à d'autres. Les enfants d'aujourd'hui, forgés dans la liberté, auront peut-être une nouvelle force en eux.

– Espérons-le. Ils sont en tout cas confrontés au désarroi qui résulte de cette nouvelle liberté. Choisir, c'est toujours une épreuve. Au terme de notre histoire, nous nous retrouvons donc aussi perplexes qu'au début. L'amour, ce propre de l'homme, comme le disait le préhistorien Jean Courtin, reste insaisissable, il nous glisse toujours entre les doigts comme une poignée de sable. Nous voilà seuls, face à nos incertitudes et à nos audaces. Seuls face à nos désillusions ou à nos passions.

– La liberté est difficile en effet. Il faut choisir, c'est-à-dire renoncer, il faut oser déplaire, oser dire non, oser ne pas connaître, oser surmonter sa peur des autres, peur terrible qui vous entraîne vers le conformisme. Les loups crient, vous criez. Les loups dorment, vous dormez… Construire une personne, c'est un travail constant. Michel Foucault disait : « Travailler, c'est se tenir dans le doute et l'inquiétude. » Même si c'est épuisant, je crois que c'est la bonne posture mentale… « On n'a jamais badiné avec l'amour », résumiez-vous au début de cet ouvrage. Cette formule s'applique aussi à notre propre époque. On voudrait nous faire croire que nous sommes désormais légers, presque indifférents. On nous trompe : l'amour reste une chose importante, grave. Mais je suis moins pessimiste que vous. Je crois que celui qui aime est comme un funambule sur un fil : l'entreprise paraît impossible, et pourtant un jour l'équilibre vient. Toute la vie, il faut apprendre à vivre, et à mourir. Apprenons aussi à aimer.

Petits portraits d'auteurs

***Jean Courtin**, préhistorien, directeur de recherche au CNRS (Centre national de la recherche scientifique).*

Y a-t-il vu l'amour ? Il y a trouvé, en tout cas, la beauté. Jean Courtin fut le premier préhistorien à s'engager dans l'étroit tunnel sous-marin, long de 175 mètres, qui mène, dans les profondeurs des calanques de Cassis, jusqu'aux merveilles de la grotte Cosquer. Une chapelle sixtine de la préhistoire aux peintures et gravures stupéfiantes, qui lui a prouvé combien, il y a vingt-sept mille ans, les hommes étaient déjà des êtres raffinés, sensibles. Et sans doute aimants... Jean Courtin en a été tellement marqué qu'il a imaginé dans son roman (*Le Chamane du bout du monde*, aux éd. du Seuil) une jolie *Homo sapiens* aux yeux verts vivant des amours très libérées au bord de la Méditerranée. On en viendrait presque à regretter la préhistoire.

***Paul Veyne**, professeur honoraire au Collège de France, spécialiste du monde antique.*

Petit, il avait une passion : il recherchait les monnaies antiques. Un jour, sur un site dans le Midi, il fit la promesse au bon Dieu de cesser d'embrasser la belle du moment si la pêche était fructueuse. Elle le fut : il mit la main sur une superbe pièce du IIe siècle av. J.-C.

Mais comme il ne croyait pas en Dieu, il a continué d'embrasser sa dulcinée... Les Romains ont toujours eu aux yeux de Paul Veyne une double qualité : ils n'étaient pas trop loin de chez lui, et ils n'étaient pas chrétiens. Il en deviendra l'un des meilleurs spécialistes. Paul Veyne a travaillé avec Michel Foucault, écrit un grand nombre d'ouvrages (*La Société romaine*, *Comment on écrit l'histoire*, *L'Élégie érotique romaine*, *Les Grecs ont-ils cru à leurs mythes ?*, tous aux éd. du Seuil). Dans sa maison sereine, posée au pied du mont Ventoux, il a parlé de ces drôles de Romains avec l'humour et la verve du petit garçon turbulent qu'il est resté.

***Jacques le Goff**, historien, spécialiste du monde médiéval.*

Il fait de l'histoire goulûment, méthodiquement, « comme un ogre qui sait renifler la chair humaine », lui ont dit gentiment ses collègues. L'appétit lui est venu à 12 ans, en lisant *Ivanhoé.* Héritier de l'école des Annales, artisan de « la nouvelle histoire », celle qui s'intéresse à la vie quotidienne et aux mentalités, partisan de l'étude de la longue durée, Jacques Le Goff a redonné sa noblesse au Moyen Âge, que ses prédécesseurs considéraient comme une période noire, une obscure parenthèse de l'Histoire. Pour lui, ce fut au contraire le creuset de notre société moderne, un bouillonnement de vie. Il est lui aussi l'auteur de nombreux ouvrages (voir notamment *Pour un autre Moyen Âge,* Quarto, Gallimard, qui réunit plusieurs d'entre eux). C'est avec la même conviction et la même chaleur qu'il s'est penché ici sur un autre Moyen Âge, amoureux celui-là.

***Jacques Solé**, professeur à l'université Pierre-Mendès-France, à Grenoble, spécialiste des Temps modernes.*

Il est arrivé au XVIe siècle à reculons, pour mieux comprendre les Lumières, sa période de prédilection. Les historiens, dit-il, ne cessent de remonter le temps. Après avoir coursé l'amour chez les libertins, Jacques Solé a donc fouillé la chambre à coucher de nos ancêtres en collerettes. Pour ses ouvrages, *L'Amour en Occident à l'époque moderne* (Albin Michel), *Être femme en 1500* (Perrin), il a épluché des milliers de documents, dont les archives assez sinistres du tribunal ecclésiastique de Troyes. Il avoue aujourd'hui une certaine tendresse pour ces gens qui ne rigolaient pas tous les jours. Lui, il rit souvent en en parlant. C'est dire s'il est optimiste et bon vivant.

***Mona Ozouf**, historienne, spécialiste des femmes et de l'époque révolutionnaire.*

« L'amour sous la Révolution... Ce ne fut pas un moment propice aux sentiments, vous savez... » D'emblée, en historienne consciencieuse, elle a émis des réserves quand je lui ai proposé de nous intéresser à l'amour : peu de sources sur l'intimité des gens, une période trop courte pour être étudiée dans la longue durée... Puis, confiante, elle a finalement accepté de raconter, et de raconter encore... L'érudition de Mona Ozouf (lire *Les Mots des femmes* chez Fayard et Gallimard / Tel, dix superbes portraits de grandes dames) n'est jamais pédante. Et son indulgence, face à l'interlocuteur qui fait métier de naïveté, n'est jamais forcée. On l'a vue s'enflammer pour Rousseau, fustiger les féministes extrémistes, et s'enthousiasmer pour Mme de Staël. Écouter Mona Ozouf parler d'amour n'est pas seulement une chance. C'est un cadeau.

***Alain Corbin**, historien, spécialiste des sentiments et des sensations.*

Il est devenu ce qu'il est convenu d'appeler un « historien des mentalités ». Plus que les grands événements, c'est l'intérieur des êtres qui le passionne, leur intimité, leurs émotions. Comment pensaient-ils ? Comment se représentaient-ils le monde ? Comment vivaient-ils leur propre histoire ? Au fil des années, Alain Corbin, qui s'est fixé sur le XIXe siècle un peu par hasard (cela lui évitait de faire du latin), est devenu le spécialiste des sentiments et des sensations : il a étudié l'odorat (*Le Miasme et la jonquille*, Flammarion), le désir de rivage (*Le Territoire du vide*, Flammarion), et, bien sûr, le sentiment amoureux (*Les Filles de noce*, Champs Flammarion). Toujours se rapprocher des êtres, essayer de se mettre dans leur tête, voilà son défi. Cette fois, il s'est glissé dans les lits.

***Anne-Marie Sohn**, professeur d'histoire contemporaine à l'université de Rouen.*

Elle a trouvé l'amour dans les archives judiciaires. Quoi de mieux, pour fouiller l'intimité d'une époque pudique, que le récit des grands déballages devant les prétoires ? On s'y exprime vertement, on raconte des détails qu'ailleurs on tait. Pour peindre le paysage amoureux de 1860 à 1960 (voir son ouvrage *Du premier baiser à l'alcôve*, Aubier, et *Chrysalides, Femmes dans la vie privée, XIXe-XXe siècle*, Publications de la Sorbonne), Anne-Marie Sohn a aussi épluché lettres et journaux intimes. Mais les textes, rappelle-t-elle, ne donnent souvent qu'une vision masculine du sujet, car longtemps il fut difficile pour les femmes d'évoquer leur sexualité. Depuis, elles se sont bien rattrapées.

Pascal Bruckner*, écrivain et essayiste.*

Le contraste fut saisissant. Il sortait de sa province et d'un collège de Jésuites. Il a débarqué au cœur d'un Saint-Germain-des-Prés bavard quelques mois avant Mai 68. Aujourd'hui, il se souvient de ces communautés où les enfants, debout sur la table du dîner, se jetaient des yaourts à la figure sous le regard attendri de jeunes barbus christiques et défoncés, et de ces groupes très sympas où on devait obligatoirement changer de partenaire pour passer la nuit. Romancier (*Lunes de Fiel* au Seuil ; *Les Voleurs de beauté,* Grasset), essayiste (*Misère de la prospérité,* Grasset), Pascal Bruckner fut l'un des premiers à faire la critique de cette frénésie sexuelle dans *Le Nouveau Désordre amoureux,* écrit en 1977 avec Alain Finkielkraut (Points Seuil). Il n'en rejette pas pour autant le bébé-désir avec l'eau du bain révolutionnaire.

Alice Ferney*, romancière.*

Comment voir le tableau quand on est à l'intérieur ? s'interroge-t-elle. Comment saisir la vérité de notre temps ? La voilà qui s'active, se replonge dans la littérature, en appelle à Hermann Hesse (« Appartenir à une époque, c'est être incapable d'en comprendre le sens »)... Alice Ferney place son exigence à la hauteur de sa lucidité, qui est grande. Dans ses romans profonds et subtils, elle peint d'émouvantes générations de femmes partagées entre désir et devoir (*L'Élégance des veuves*, Actes Sud), et des couples contemporains qui oscillent entre séduction et fidélité (*La Conversation amoureuse,* Actes Sud). Des êtres très humains qui restent vivants longtemps après avoir refermé le livre. Elle plaide pour une nouvelle éducation sentimentale, débarrassée du conformisme du moment qui voudrait amenuiser le sentiment et banaliser la sexualité.

Et, en guise d'autoportrait : ***Dominique Simonnet**, l'interlocuteur.*

Rédacteur en chef au magazine *L'Express*, chargé des grands entretiens. Il poursuit les mêmes obsessions : la quête de nos origines, l'amour, l'histoire, les étoiles (celles d'en haut et celles qui dansent)... Dans une autre vie, il a animé et produit des magazines télévisés pour enfants (*Drôle de planète*, sur France 2), des séries radiophoniques (*Aventures sans gravité*, Radio France), participé à de nombreuses initiatives pour tisser des liens entre le monde littéraire et le monde scientifique. Il est aussi l'auteur de *La Plus Belle Histoire du monde* et de *La Plus Belle Histoire de l'homme* (éd. du Seuil) et, avec Nicole Bacharan, de plusieurs romans (*Le Livre de Némo*, *Némo en Amérique*, *Némo en Égypte*, au Seuil). Tous deux, ils ont aussi osé *L'Amour expliqué à nos enfants* (éd. du Seuil), « pour les mettre sur la piste de ce trésor redoutable : la liberté d'aimer ».

Collection dirigée par Dominique Simonnet

DANS LA MÊME COLLECTION

La Plus Belle Histoire du monde
(Les secrets de nos origines)
Hubert Reeves, Joël de Rosnay
Yves Coppens et Dominique Simonnet
Seuil, 1996
et « Points », n° P897

La Plus Belle Histoire de Dieu
(Qui est le Dieu de la Bible ?)
Jean Bottéro, Marc-Alain Ouaknin et Joseph Moingt
Seuil, 1997
et « Points », n° P684

La Plus Belle Histoire de l'homme
(Comment la Terre devint humaine)
André Langaney, Jean Clottes, Jean Guilaine et Dominique Simonnet
Seuil, 1998
et « Points », n° P779

La Plus Belle Histoire des plantes
(Les racines de notre vie)
Jean-Marie Pelt, Marcel Mazoyer, Théodore Monod et Jacques Girardon
Seuil, 1999
et « Points », n° P999

La Plus Belle Histoire des animaux
Pascal Picq, Jean-Pierre Digard, Boris Cyrulnik, Karine-Lou Matignon
Seuil, 2000
et « Points », n° P997

La Plus Belle Histoire de la Terre
André Brahic, Paul Tapponnir, Lester R. Brown et Jacques Girardon
Seuil, 2001
et « Points », n° P998

La Plus Belle Histoire du bonheur
André Comte-Sponville, Jean Delumeau, Arlette Farge
Seuil, 2004
et « Points », n° P1427

COMPOSITION : PAO EDITIONS DU SEUIL

GROUPE CPI

Achevé d'imprimer en septembre 2007
par **BUSSIÈRE**
à Saint-Amand-Montrond (Cher)
N° d'édition : 96500. - N° d'impression : 71521.
Dépôt légal : octobre 2007.
Imprimé en France